Gaea

GAEA

BETWEEN

1

兩個世界·TWO WORLDS

異世遊 1

目錄

異世遊

最近興趣是面試

台灣，台中，西屯區。

一個二十多坪的兩房公寓。小小的客廳中，放著一組廉價的一對三合成皮沙發，沙發對面電視櫃上，孤伶伶的二十九吋電視機螢幕不斷閃動著彩色光芒。

一個二十幾歲、有點偏瘦的年輕人，在沙發桌上攤著報紙的就業版，似乎正在找工作。而側面的單人座沙發上，則坐著一個年約六十的老者，他左手拿著香菸，右手握著遙控器，帶著老花眼鏡，眼睛正盯著電視。

看著報紙的青年突然皺眉念：「文中路四段九十八號十樓E室，這家我好像也去過……」

「騙人的那種？」沙發另一端的老者說：「騙人的就不要去了。」

「有點忘了，」年輕人又說：「不過徵儲備幹部十名、會計三名、業務助理五名、客服人員四名……攜履歷至公司……徵這麼多人，太容易被識破了，也不換個招數。」

「什麼招數？」老者應了一聲，不過目光沒離開電視。

「沒什麼。」年輕人微微一笑，沒再說下去。

年輕人叫做鄧山，二十八歲，一旁老者是他父親鄧天柏。

鄧家老家在南投山區有一片不大不小的茶園，現在由鄧家長子、鄧山的大哥——鄧海照料。鄧山對祖業沒興趣，當初來台中讀完先德大學光電系畢業之後，就留在台中工作。這戶小公寓，是他兩年多前貸款買下的。

鄧山母親在兩年前因病過世後，鄧天柏在鄧山建議下，台中、南投兩地輪流住。一方面是到處散心，另一方面，鄧山也不好意思一直讓大哥大嫂照顧老父，與其說是孝順，不如說他認為這是子女的義務。一個人住，當然比有個長輩在旁邊「關注」輕鬆多了，但既然為人子女，也只好認命。

一輩子忙於農事的鄧天柏雖已六十出頭，一樣生龍活虎、壯健如牛，只不過有點老花眼加白內障，看東西漸漸吃力。他老人家除了抽菸外，沒什麼不良嗜好，鄧山其實也不用怎麼照顧；而且鄧天柏個性粗疏開朗，除了偶爾數落鄧山兩句外，也不算太嘮叨。

鄧山當初高中畢業就申請提早入伍，退伍後才考大學，如今畢業已經四年。因為他大學念啊念的，覺得光電很無聊，不想學以致用，所以畢業之後，在台中工業區隨便找了一家材料公司，從小業務做起。

隨著時間過去，業務代表、業務主任、業務經理，收入漸增的鄧山又突然覺得，一直找人買東西也挺無聊，眼看貸款還得差不多，一年前辭了職，跑去找個離家不太遠的中型補習班教書。

既然在補習班教書，白天可就閒了下來，鄧山無所事事一段時間後，就常看求職版，到處去面試。不過，台中騙人的公司很多，常常假上課之名，將應徵者洗腦個三、五日，這才要求對方買十分貴的公司產品，整個公司的工作人員都以傳銷的手段領取薪水。

這些騙人的公司大多有其特徵，上當幾次應該就很清楚。不過鄧山反正很閒，一時之間又沒有生活壓力，到處去看人如何騙人，反而成爲他最近的一種新興趣；只不過對於他這個興趣，老爸鄧天柏卻不大認同，有事沒事會念他兩句。

「產品測試人員，體健，可配合短期出差……居然限專科耶？」翻著報紙的鄧山，突然有些意外地說：「這比較不像騙人的，但是產品測試人員是做什麼的？」

「類似品管嗎？」父親鄧天柏說：「品管是……抽檢產品品質的。不過，如果是品管，就直接找品管人員就好了，幹嘛叫產品測試人員？」

「我每天早上都有慢跑，該算挺健康的吧？去看看好了。」鄧山望了望時鐘，拿起剪刀，喀嚓喀嚓地剪下求才廣告說：「然後我直接去補習班。」

「你眞的想另外找工作嗎？」鄧天柏目光轉過說：「要不要我幫你問問幾個在台中開公司的老朋友？」

「沒關係啦，」鄧山笑說：「白天沒事做，到處找找工作也挺好玩的。」

「浪費時間，」鄧天柏瞪了兒子一眼說：「無聊。」

鄧山抓抓頭，乾笑兩聲，回房換上衣服，帶著剛剛剪下的廣告出門。

鄧山的家，是很常見的十一層公寓大樓，他就住在九樓，從地下停車場騎出機車，沿路往東走，很快就抵達目的地——一棟位於北區的辦公大樓。

這樣的辦公大樓在台中很多，外面都是整大片的玻璃窗，也就是所謂的玻璃帷幕大樓。大樓下方機車停車區，一如預期塞得滿滿的，鄧山搬來挪去，好不容易推出一個空間，把機車擠了進去，這才往大樓走去。

那公司名稱叫「異世科研基金會」，報紙廣告上寫的是九樓，不過鄧山進入大樓後一看倒是有點意外。管理員身後那標明各樓機構名稱的列表上，九樓到十二樓，一共四個樓層，居然都是「異世科研基金會」，至於十三樓卻是空白，倒不知道爲了什麼，莫非因爲數字不佳，所以沒人租用？

能一次租下四個樓層，有這樣規模，不大可能是騙人的公司，鄧山有點意外，搭乘電梯到了九樓。門一開便吃了一驚，只見門口櫃台外排了一堆人，裡面的大廳放了近百張椅子，居然坐了七成滿，男男女女、三三兩兩的，有的發呆、有的在聊天，似乎都是來面試的。

鄧山排隊半天，終於遞上履歷表，還拿了張號碼牌，走入大廳等候。

自己可是只有一個多小時的時間呢。鄧山有點擔心，等等還得去補習班上課，可不能遲到，萬一等太晚，今天只好放棄。

又等了一陣子，鄧山見大廳對面四個門口不斷有人進出，看來有四位主管同時在面試，而且每段面試的時間都不會太久。看來，該不會花太多時間，鄧山這才安心了些。

終於輪到鄧山，負責面試的是個三十多歲穿著西裝的青年。青年自稱姓李，卻沒說自己是什麼職務，鄧山只好稱呼他李先生。

這位李先生先讓鄧山坐下，跟著就仔細讀著鄧山的履歷表。過了片刻，他才抬起頭說：「現在在補習班教書？」

「是，」鄧山點頭說：「每週一、三、五晚上，還有星期日早上。」

「嗯……」李先生說：「我們公司並沒有規定不准員工兼差，但工作上，可能有時候需要出差兩、三天，甚至一個星期，你本身另有工作，可能會有衝突，這樣可以嗎？」

「如果工作順利的話，補習班那邊我應該會辭職。」鄧山面試經驗十分豐富，有條理地回答：「當然，補習班找到新的老師之前，可能還得兼任一段時間；至於偶爾出差這方面，只要事前知道，可以和別的老師配合調課，應該沒有問題。」

「這樣很好，」李先生接著說：「我們公司除非特別需要，平常上班時間是週一到週五的早上九點到下午五點。但薪資方面和一般台灣公司不同，我們採取每週發放的方式；試用期間內，第一週和第二週薪資四千，第三週開始加倍，之後每兩週加倍一次，直到試用結束的第七週和第八週，每週可以實領三萬二。試用結束之後依表現敘薪，當然……正式錄用的週薪會在三萬二以上。」

聽到這兒，鄧山可眞是吃了一驚，一般來說，非專業、非主管、非業務抽佣制的職務，一個月能有三、四萬已經不容易了，這兒週薪居然三萬二起跳？這麼算來，一個月豈不是超過十萬？自己可是聽錯了？

望著鄧山的表情，李先生似乎並不覺意外，他微微一笑說：「我們公司薪資超出一般水準許多，但是選人也很嚴格，每年我們會登一次廣告，通常都會錄取超過百人，但是兩個月過後，留下的通常都是個位數。」

莫非是教人作牛作馬一個月或半個月之後通通開除？鄧山不禁有點懷疑，但總不好直接這麼問，鄧山便說：「我可以了解一下工作內容嗎？」

「好的，」李先生說：「前兩個月，主要是體力訓練爲主，在其中觀察每個人的個性特質，決定留用的對象；兩個月之後，我們主要還是體力訓練，但是開始會做不定期的產品測試，也就是你們主要的工作。」

「公司的產品是哪一類的？怎麼測試？」鄧山問：「運動產品嗎？」不然訓練體能幹嘛？

「這部分屬於公司機密了。」李先生微笑說：「正式錄用之後，會比較清楚地說明。總之，這個工作要有標準以上的體力，其他要求比較少。」

這樣聽起來又不像騙人的了，但是眞有這樣古怪的公司嗎？

「你還有其他的問題嗎？」見鄧山搖了搖頭，李先生說：「那麼下星期一開始上班，請穿運動服，攜帶身分證。」

一面說，李先生一面站起。鄧山只好也起身，兩人握了握手，李先生送出鄧山，一面向門口的小姐打了個招呼，看樣子要接著面試下一位。

離開這間奇怪的公司以後，鄧山在騎向補習班途中停了車，先在附近自助餐胡亂吃了一頓晚餐，這才到補習班的教職員休息室等候上課。

今天去應徵怪工作的事情，當然不能和同事們分享，在還沒確定要辭職之前，最好別露出口風，免得有不必要的麻煩。

上課上到九點半，鄧山結束課程，還有兩、三名學生留下來發問，解決了他們的問題，送走所有學生後，鄧山才伸了伸懶腰，下樓回到教職員休息室。

與其他老師聊了幾句，估計學生都走光了之後，老師們彼此道別，準備回家。鄧山帶著自己的包包走過轉角，到了停機車的地方，轉過頭，教國一英文的柳語蓉，正帶著有些調皮的笑容快步走來。鄧山也回了一個微笑，將準備好的另外一頂安全帽遞給柳語蓉。

柳語蓉是鄧山讀先德大學時，同班同學柳語蘭的妹妹。

柳語蘭和鄧山當年除了是好朋友之外，彼此其實也頗有好感，不過問題不知道出在哪兒，兩人曖昧了半天，終究還是有緣無份；但也可能因此，兩人才能延續了多年的友情。

一直到現在，雖然已經北上工作，柳語蘭每隔一段時間，還是會回台中找鄧山聊上幾句；鄧山更是早已認識她妹妹柳語蓉。所以，當柳語蓉考上先德大學英文系時，照顧她的責任自然落在鄧山肩膀上，而這個補習班兼差的工作，當然也是鄧山介紹的。

柳語蓉只有星期三和星期五有課，而這兩日，一起下課的鄧山都會送她回租賃的套房。今日恰是週五。

她和柳語蘭五官頗像，都有著大眼睛、挺直鼻樑和嬌巧的小嘴。不過，姊姊柳語蘭身材修長偏瘦，一張素淨的瓜子臉很少上妝，習慣把一頭長髮束成輕便的馬尾，讀書時總是穿條牛仔褲，便和鄧山到處亂跑；而妹妹柳語蓉體態比較恰到好處，窈窕而不覺豐盈，稍圓的臉龐會上一點淡妝，讓她甜美的面容更引人注目，一頭需要每天整理的捲髮，讓人遠遠就會注意到亮眼的她。

　　至於衣著方面，柳語蓉大多穿著各種長短裙，除了偶爾出現引人視線的清涼熱褲外，鄧山印象中似乎沒看她穿過其他的長短褲裝。

　　兩姊妹在裝扮上的差異，據妹妹柳語蓉說，這是因爲讀的科系不同。姊姊柳語蘭當初念的是沒幾個女孩的光電系，成天和男孩子野來野去；妹妹的英文系可幾乎全都是女生，要是打扮太隨便，沒事被諷刺兩句，可是會成天不舒服。至於是否眞的這樣，鄧山當然是搞不清楚。

　　「山哥。」鄧山牽車的時候，柳語蓉一面想辦法讓那大蓬捲髮塞入安全帽中，一面說：「一起去吃宵夜吧？」

　　「吃太多不怕胖嗎？」鄧山無可無不可地說。

　　「討厭啦。」柳語蓉噘起小嘴說：「不要跟我說胖這個字。」

　　「妳又不胖，這麼敏感幹嘛？」鄧山翻翻白眼，沒好氣地說。

　　「我比姊姊胖多了，」柳語蓉唉了一聲說：「要像我姊姊那樣瘦瘦的，加上小小的臉，才是美女。」

　　「不會啦，妳夠美了。」鄧山發動車子跨上，一面說：「今天想吃什麼？」

　　「今天輪我請客。」柳語蓉側坐在後座上，抱著鄧山的腰說：「吃滷味好不好？我想吃雞翅膀。」

「好。」鄧山說：「但是妳不要買一堆，然後每種都只吃一點，最後都我吃。」

「不會啦。」柳語蓉吃吃地笑，回答得很不誠懇。

鄧山帶著柳語蓉買了宵夜，回到柳語蓉的套房，兩人邊聊著邊吃滷味。鄧山一向話不多，兩人相處，通常都是聽柳語蓉說學校的點點滴滴。很快地，杯盤見底，鄧山看看時間已晚，正想跟柳語蓉道別，柳語蓉卻先一步說：「山哥，你星期日早上要去上課，對吧？」

鄧山嗯了一聲。

「那下午有沒有空？」柳語蓉眼中閃著狡獪的光芒。

「幹嘛？」鄧山警覺地問。

「有沒有空嘛？」柳語蓉撒嬌問。

「我要睡覺，算不算有空？」鄧山說。

柳語蓉嘓起嘴，哼了一聲說：「星期日下午我姊要來，你有沒有空？」

「語蘭要來？」鄧山一怔說：「真的嗎？」

「假的啦！」柳語蓉板起小臉說：「我姊來就有空，我找你就沒空！」

有點尷尬的鄧山無奈地說：「我又沒說沒空。」

「那你有空喔！」柳語蓉馬上變臉，笑咪咪地說：「大約一點半的時候，可以到學來路上的『白色逗點』接我嗎？」白色逗點是中區頗著名的連鎖複合式西餐咖啡廳。

鄧山一聽，已經心裡有數，他板起臉來說：「妳又被人請吃飯？還是什麼聯誼？又要拿我當擋箭牌？不去！」

「唉唷，」柳語蓉開始撒嬌，拉著鄧山說：「那人煩死了，就跟他說我有男朋友，還一直纏，說一定要請我吃一次飯……」

「妳有男朋友？」鄧山訝異地說。

柳語蓉臉一紅說：「沒啦，我只是這樣騙他。」

「就跟他說，妳對他沒興趣。」鄧山皺眉說：「更不要讓他請客，還多欠一次人情。」

柳語蓉又求了幾句，見鄧山堅持不肯，似乎真的生氣了，噘起嘴轉頭背對著鄧山。

鄧山也無可奈何，起身說：「我回家囉。」

「哼！」柳語蓉也不轉頭，用力哼了聲說：「壞哥哥！再見！」

聽得出來開玩笑多過於生氣，鄧山暗覺好笑，搖頭說：「好啦，語蓉，妳別跟那人吃飯，星期日中午我下課以後，來接妳出去吃飯。」

柳語蓉轉身跳起，睜著大眼說：「真的嗎？不可以賴喔。」

「不會啦。」鄧山嘆了一口氣，走到門前說：「來鎖門，我要走了。」

「好。」柳語蓉笑咪咪地走來，貼著門說：「山哥最好了。」

「去你的。」鄧山又好氣又好笑，笑罵了一聲，搖搖頭，轉身去了。

回到家，父親已經睡了，鄧山輕手輕腳地回房，卻在門口看見一張紙條，上面寫著——

「海兒來電，週日將接我返南投　父字」

大哥要接老爸去住了？也好，自己一個人住一段時間，也可以沉澱一下心情；而且下週開始去那個怪公司上班，白天也沒時間陪父親。

但這麼一來，週日中午應該就要和大哥大嫂還有他們的小朋友一起吃飯了，乾脆叫語蓉一起來好了，反正大家都認識。

鄧山當即打開電腦連上網路，登入通訊軟體，果然看到柳語蓉在線上，傳了訊息過去；柳語蓉似乎也挺高興這樣的安排，很爽快地答應了。

□

週日，鄧山結束上午的課，接了柳語蓉返家。果然，大哥大嫂加上那剛會走路到處衝鋒的小男娃一起都來了，老爹鄧天柏看到活蹦亂跳的小孫兒，自然是笑得闔不攏嘴；柳語蓉更是馬上和小娃兒玩在一起，兩個一起到處開抽屜，翻箱倒櫃。

一番熱鬧後，眾人準備出門吃飯，柳語蓉的行動電話突然響起。

柳語蓉看看號碼，先望了鄧山一眼，才接起電話說：「喂？姊？」

是語蘭？鄧山微微一怔，轉過頭望著柳語蓉。

「真的喔？我在山哥這邊，和他們一起出去吃飯……嗯……沒有啦……對啦……好啊好啊，妳問山哥呀……嗯……等等喔。」柳語蓉將手機向鄧山塞過去，一面說：「姊姊要來台中，你跟她說。」

說什麼？鄧山接過電話，聽到柳語蘭開朗的笑聲從另一端傳來：「阿山，你和我妹要出去吃飯呀？」

「對啊，」鄧山說：「妳要來台中？什麼時候？」

「現在呀，我快到了，請不請我吃午餐呀？」柳語蘭笑說：「還是你在跟我妹妹約會？如果是的話，我放你一馬，讓你請晚餐。」

「別胡說，」鄧山沒好氣地說：「我大哥大嫂都來了，一起吃飯吧。」

「來接伯父去住喔？」柳語蘭說：「那我等等直接過去，餐廳在哪邊？」

「要不要我們去接妳？」鄧山說。

「不用啦，我快下車了，」柳語蘭說：「接來接去浪費時間。」

鄧山也不囉唆，把餐廳位置告訴她，之後五人搭一部車，還抱著那小娃娃就出門去餐廳了。

第二道菜剛上，柳語蘭就在侍者引領下抵達。她還是那一臉素淨外加簡單的馬尾，只有在那剪裁合身、款式簡單的套裝上，看出幾分上班族的味道。

「鄧伯伯！身體好喔。」柳語蘭首先向鄧天柏打招呼。

「語蘭！乖，快坐快坐。」鄧天柏也很疼柳語蘭，今天他心情本來已經不錯，看到柳語蘭更是高興。

「海大哥、大嫂。」柳語蘭接著向著鄧海夫妻打招呼，跟著看到小娃娃，她目光一亮，指著小朋友，興奮地大呼小叫說：「你們生了小寶寶！好可愛喔！多大啊？我抱、我抱。」

「一歲多了，剛會跑，都不讓人抱，坐也坐不住。」大嫂抱怨地說。剛說完，笑咪咪的小朋友又掙脫下地，不知道往哪兒直衝，大哥鄧海連忙追了出去。

「嘖嘖，膽子好大，這麼多人的地方還到處跑。」柳語蘭說完，目光轉向鄧山。她一掌向著鄧山右手上臂肉最多地方揮過去，啪的一聲巨響後，她才繞過柳語蓉右側空位，坐下嘿嘿笑說：「阿山，好久不見啊。」

鄧山痛得直揉手臂說：「都瘦得沒幾兩肉了，打人還這麼痛。」

柳語蘭右臂曲起，擠出小小的二頭肌說：「姑娘我有運動！」

「是、是、是。」鄧山沒好氣地說。

「阿山，你是不是欺負我妹妹呀？」柳語蘭不放過他。

「哪敢啊。」鄧山瞪眼說。

「我聽到的不是這樣喔。」柳語蘭兩手盤在胸前，哼哼說：「害我不放心，從新竹跑來台中準備拷問。」

拷問什麼？鄧山翻了翻白眼，沒吭聲。

「姊姊不要亂說啦。」柳語蓉推了柳語蘭一把。

「語蘭現在在做什麼呀？碩士讀完了沒？」鄧天柏笑著問。

長輩開口，柳語蘭促狹的表情就收了起來，含笑說：「鄧伯伯你又忘了，我碩士班都讀完兩年了啦，現在在科學園區工作。」

「好！有出息。」鄧天柏猛點頭說：「山兒就差勁了，到現在還不知道該幹什麼。」

會聽到這句話，鄧山並不怎麼意外，只好多挾兩筷子，專心吃飯。

「不會啦，」柳語蘭說：「阿山不想再念書而已，等他找到想做的事情，就會很努力了。」

「希望他早點找到就好囉，」鄧天柏搖頭說：「他現在最新的興趣是到處去面試。」

柳語蘭愣了愣，轉頭望鄧山說：「什麼到處面試？」

「哎呀，那是好玩而已啦。」鄧山尷尬地笑笑，轉移話題說：「老爸你一直問，語蘭都沒空吃飯了。」

果然鄧天柏一聽，忙說：「對，快吃快吃。」

「沒關係啦。」柳語蘭隨性吃了幾口。突然湊到柳語蓉耳旁不知道說了什麼，柳語蓉啐了兩聲，也低聲回了幾句，兩人嘰哩咕嚕說著笑成一團，也不知在高興什麼。

這時候鄧山大嫂看到丈夫被孩子拉著在外面亂逛，對眾人說：「我去帶一下寶寶，讓阿海回來吃。」

「帶孩子回來，一起吃。」鄧天柏感嘆說：「有了孩子就是累。語蘭，妳什麼時候結婚啊？孩子越早生，以後越輕鬆，之前山兒好像說妳快結婚了？要給伯伯喜帖喔，伯伯一定送妳一個大紅包！」

「不知道耶。」柳語蘭吐吐舌頭說：「鄧伯伯的紅包我是一定會收啦，不過可能還有得等囉。」

「怎麼啦？」鄧天柏訝然問。

「沒什麼啦，分手了。」柳語蘭夾了一筷子肉，塞到鄧天柏碗裡說：「這肉做得很嫩呢，鄧伯伯你吃。」

「好好，好乖，伯伯謝謝妳了。」鄧天柏也不是老糊塗，知道柳語蘭不願說，也就不提了，不過他心念一轉，轉頭說：「那小語蓉呢？有沒有交男朋友？」

「沒有啦，鄧伯伯，我才大二耶。」柳語蓉笑說。

「嗯，專心念書是很好啦，不過一直碩士博士讀下去，讀到快三十歲都讀不完，等書讀完才找對象就有點慢了，中間還是可以交一下。」鄧天柏認眞地說。

柳語蓉妙目一轉，瞅著鄧山，翹起小嘴說：「我在等山哥追我啊。」

這話一說，大夥兒都愣了一下，還是柳語蘭首先有反應，她嘖嘖有聲地說：「我妹妹都這麼說了，阿山，你拿一句話出來吧。」

「拿……拿什麼話？」鄧山愣愣地說。

「這就是阿山不對了。」剛和老婆一起回來坐下的鄧海，哈哈笑說：「我這弟弟有時候就是跟個木頭一樣，小語蓉要多推他一把。」

「伯伯有不同的看法。」鄧天柏卻搖手說：「小語蓉，妳要想清楚，我這兒子沒出息喔。」

「語蓉是在開玩笑啦。」鄧山忍不住抗議。

柳語蓉噗嗤一笑說：「對啦，鄧伯伯別當眞。」

「這樣啊，」鄧天柏瞪了鄧山一眼說：「那就對了，一定是因爲阿山沒出息，所以小語蓉看不上他，對吧？」

眾人笑聲中，鄧山看小姪子又掙扎著想跳下地，索性苦笑站起說：「不管怎樣都是我的錯。我帶小朋友去逛逛。」當即抱起小朋友往外走去。

走沒幾步，小朋友就掙扎著要往下衝，鄧山只好追著他跑，一面在撞翻各種東西之前攔阻。就這麼過了片刻，小朋友突然被一把抓起，卻是大嫂來了。

「大嫂，」鄧山搖頭說：「你家這小子眞能跑。」

「是啊，」大嫂苦笑說：「這歲數就這樣，沒辦法，你回去吃吧，我帶就好。」

「沒關係啦，大嫂每天帶比較累。」鄧山說。

「在家裡還好，隨他跑，這邊比較不安心。」大嫂頓了頓，突然饒有興趣地低聲說：「那兩個女孩子都不是你女朋友呀？」

「不是啦。」鄧山有點尷尬。

「我以前以爲姊姊是你女朋友，後來才知道不是。」大嫂說：「我又以爲妹妹是，剛剛才知道不是。」

「對啊，都不是，」鄧山說：「只是好朋友。」

「嗯……」大嫂說：「要是你大哥也有這麼多好朋友，我可不放心。」

「呃……」鄧山苦笑說：「大嫂妳也來開我玩笑，饒了我吧。」

「回去吃吧。」大嫂一笑，轉身往回走。

好不容易送走了大哥、大嫂和老爹，鄧山叫了計程車，將柳家兩姊妹送到妹妹的住所。

三人聊了聊，鄧山直到柳語蓉洗手暫離的時候，才抓到機會對柳語蘭低聲問：「發生什麼事了？我本來也以爲妳是送喜帖來了。」

柳語蘭輕吁一口氣，斂起笑容說：「我們本來計畫……我這兩年先去工作，等他當完兵，然後結婚一起出國讀博士，對不？」

「嗯啊。」鄧山說：「現在呢？」

「他當完兵說不想出國了，」柳語蘭攤開手說：「叫我也不要去了。」

「這……那妳怎麼說？」鄧山問。

「我說，那我自己出國，回來如果都沒變心再結婚。」柳語蘭說：「他說，這樣不知道要多少年，乾脆分手。」

「他是要妳結婚以後才出國？」鄧山問。

「不，他要我別出國了。」柳語蘭說：「他說我現在的工作薪水已經很高了，何必繼續念。」

那傢伙這話可就說錯了……鄧山不禁沉默下來，他知道柳語蘭對學業一直很認眞，對自我的要求也很高，出國更上一層樓，是她一直期待的事情，和薪水高低與否根本毫無關係。當初她願意等男友兩年，是認爲日後可以相互扶持、一起努力，沒想到最後卻等到這句話。

「先不說我的事情。」柳語蘭聲音壓得更低了，湊到鄧山耳邊說：「你和我妹妹是怎樣？」

「什麼？」鄧山吃了一驚。

「我妹喜歡你，她前幾天親口跟我說的。」柳語蘭說。

「她是……又在開玩笑吧。」鄧山不知爲何有點慌。

「我妹才不會拿這種事情跟我開玩笑。」柳語蘭斂起笑容，認眞說：「你不喜歡她嗎？」

「不是這麼說……語蓉是很可愛……」鄧山望著柳語蘭，頗有點說不出話來。

「反正你別害我妹傷心。」柳語蘭瞪了鄧山一眼，身子坐正，恢復原來的姿勢。

「在說什麼？」原來柳語蓉回來了。

鄧山一時不知該怎麼回答，柳語蘭倒是回答得一派輕鬆：「說我和陳大哥鬧分手的事情。」

「喔。」柳語蓉倒似早已知道，點點頭說：「姊，不然妳乾脆結婚以後在國內讀博士，這樣陳大哥也不會反對吧，幹嘛分手呢？」

柳語蘭搖了搖頭，似乎不想繼續這個話題。鄧山望著神色還帶點天眞的柳語蓉，想到剛剛語蘭說的話，心中有點亂，一時也沒反應。

柳語蓉倒不想放過他，湊過來說：「山哥，你也覺得我說錯了嗎？」

「不是這個問題。」鄧山隨口說。

柳語蓉扁起小嘴說：「不然是什麼問題？」

鄧山一怔，回過神來，卻見柳語蘭也半笑地瞅著自己，帶點挑戰意味說：「是啊，你說說看，不然是什麼問題？」

「妳想念碩士、博士，不是爲了薪資高低。」鄧山望了柳語蘭一眼，嘆了一口氣又說：「也不會願意嫁給一個……爲了薪水高低才念書的人。」

「就是這樣！」柳語蘭又是一掌向著鄧山肩膀用力拍了下去，啪一聲巨響之後，她才爽朗地笑說：「至少還有你懂我。」

鄧山望著柳語蘭，這簡簡單單的七個字在心中迴盪，不禁感慨萬千，一時說不出話來。柳語蘭看著鄧山眼中的神色，一股情懷湧上，笑容也斂了起來。

柳語蓉望著兩人相望的目光，心中各種滋味翻在一處，驀然發言：「既然這樣，姊姊怎不乾脆和山哥在一起？」

這話把兩人都打回神了，鄧山與柳語蘭的神色一時之間都複雜起來，柳語蓉的臉色更是古怪，似乎有點賭氣又有點後悔。

最後還是柳語蘭先露出笑容，她突然一把緊緊摟住柳語蓉說：「我怎麼敢搶妳的山哥呢？」

柳語蓉臉龐微紅，半嗔半怒地嚷：「姊！」

「好！」柳語蘭兩手舉起，大聲說：「沒什麼了不起，本小姐恢復單身的消息已經傳播出去了，很快就會找到新的男友！」

「妳出國以後再找好了，」鄧山苦笑說：「否則還要先問對方要不要等妳。」

「對喔，」柳語蘭抓抓頭，噗嗤一笑說：「還是不要急好了。」

緊繃的氣氛一下子又鬆了開來，鄧山只覺得今天過得眞辛苦。想到明天要去那怪公司上班，晚上還得上課，今天可不能太晚休息，鄧山不再多聊，向柳家兩姊妹告辭，回家洗澡睡覺要緊。

異世遊

保密條款

週一，第一天上班，雖然上班時間是九點，第一次去總不好意思趕得恰恰好，鄧山提早準備，八點半就到了公司附近。然後他騎車繞了繞，找了一家早餐店，花十分鐘填飽肚子，這才停妥機車，優哉遊哉地進入大樓，搭乘電梯往上。

到了九樓，剛出電梯，卻見櫃台上面立著一個牌子——「新錄取員工請至十二樓報到。」

鄧山回到電梯，上了十二樓，入門不禁吃了一驚，只見裡面好大一片空地，居然是個鋪設了合成橡膠跑道的室內運動場；而且這高度……這是兩層高，難怪十三層沒放名牌，十二、十三兩層根本就已經打通了。

門口有個青年正在指點眾人使用門口的保管箱，運動場內已經站了很多人，每個人的運動服都不同，看起來十分雜亂。有些人很明顯是一起前來應徵的，聚在一起笑笑鬧鬧，聊得十分高興；當然也有如鄧山一般，單獨前來，安靜地在一旁等候。

漸漸地，人越來越多，鄧山望過去，估計差不多有兩百人左右。到了九點，場中有人開口喊：「請大家過來這兒集合，坐下。」

鄧山望過去，見那兒站著八名穿著同款運動服的男女青年，其中正有當時面試自己的李先生。鄧山隨著人潮移動，在八人的對面找個空地隨意坐下。

「我姓周，以後大家可以叫我周教練，這幾位也都是諸位的教練，姓名以後再介紹。」站中央發話的是個女子，也是八人中唯一的女性。她望著眾人說：「爲了避免浪費大家的時間，我以最快的速度說明我們的要求，請諸位仔細聽，如果有任何問題，請等我說完之後，舉手發問。」

周教練望望四面，見每個人都專心地看著她，這才點點頭接著說：「我們要求的員工需要兩個條件，一個是體能，一個是個性特質。個性特質部分，教練們會在訓練過程中，主觀地判斷；體能部分就很單純，我們每週訓練四天，第五日會做測試，如果沒有通過，下週就不用來了。本週的體能要求……」說到這兒，周教練頓了頓轉頭，另外幾名教練此時正推了一個白板過來，上面用磁鐵吸貼了一張大海報，海報上寫了一堆字。

「就是這個。」周教練一指白板說：「週五將舉行測試，能通過的，下週才能繼續來接受訓練；如果沒信心通過的，現在就可以回去。」

這話一說，眾人的目光都望了過去。周教練卻還沒說完，她接著說：「我事先告訴諸位，每週要求的條件都會不斷提高，如果自認只能勉強通過的朋友，其實也可以回去了。」

這麼嚴苛？到底是什麼條件，鄧山看過去，只見上面寫著：

一、百公尺跑步：十三秒內跑完百公尺。
二、單槓：五十秒內上槓七次。
三、攀繩：靠臂力上攀五公尺，攀繩過程不得雙腿夾繩。
四、三千公尺跑步：十五分鐘內完成。

好像……好像還勉強可以……但如果這是第一週的要求，那麼第八週豈不是十分困難？難怪那位李先生……現在該說李教練，會說最後剩下的不到十人。

「和那個什麼消防隊的測驗有點像，好像更難……」鄧山聽到身後傳來竊竊私語。

「好難喔。」一個女生的聲音。

「男生女生都一樣嗎？」另一個女生的聲音。

「男生女生都一樣！」周教練似乎聽到了這句話，開口說：「我們要的員工是體能好的『人』，不是身體強健的『男人』與『女人』，沒把握的請在十分鐘之內離開，否則要開始分組訓練了，謝謝。」

「何必為了四千元這樣累。」一個三十多歲的青年搖了搖頭，起身往外走。

一有人開始走，走的人就多了，只不過幾分鐘的時間，已經走了一大半。

鄧山想了想，還是留了下來，第一週的測試，他雖然還有把握，但他並不覺得自己能通過越來越難的八週測試……畢竟自己不是運動員，不過反正閒著，看看自己能通過幾週也不錯；何況有教練訓練，去健身房還得花錢呢。

「還有其他問題嗎？」周教練又問。

「請問。」一個看起來挺精明的男子舉手，在周教練示意之後，他站起問：「如果接受訓練，到了週五仍然沒通過，那有薪水領嗎？」

「有，」周教練點頭說：「你來了一個星期，該給的還是會給；另外，通過的人也可能因爲被判斷不適合聘用，在發薪的時候接到辭退的通知。」

總而言之，只要撐到週五，就能領到四千，至少感覺上不像騙人公司，聽到這話，有些本來想走的人又留下了。

「好！請留下的到那邊桌子登記，我們幫你們分組開始訓練。」周教練一指身後，跟著一拍手說：「動作快！」

這下大夥兒都動了起來。鄧山登記之後，被分配到一個姓蔡的教練之下，開始接受所謂的訓練。

一天過去，幾乎要累癱的鄧山，拖著疲憊的步伐，到補習班授課。總算熬到了九點半下課，鄧山回到家中，胡亂洗個澡後倒頭就睡，直睡到第二天清晨。

還好第二天開始，鄧山就慢慢習慣了，而且他有些意外地發現自己體能還算不錯，教練大部分要求都能辦到；且教練似乎挺專業的，依照他的指示，鄧山各項測試的紀錄也不斷提升。

到了週五下午測試時間，沒什麼意外的，留下的八十多人幾乎都順利通過，大家都挺高興的。然後就是所謂發放薪水的時間了，各組分開，教練們一個個唱名發送，鄧山順利領到了包著四千元的信封，不禁有點怪異的感覺。老實說，這公司實在十分怪異，一直到當眞拿到手之前，對於能不能眞領到錢鄧山都有點半信半疑。

鄧山正高興的時候，突然聽蔡教練說：「領到錢請先離開，另外幾位，我們需要再一次面談。」

鄧山一愣，卻見一個被留下的青年已經跳起說：「我們不是都通過了嗎？」這人叫張力仁，體能表現算是這組中的佼佼者，個性開朗豪爽，有問題多半馬上提出，每次眾人對訓練有疑惑，泰半由他詢問教練，隱隱成爲這組的領導人物，沒想到他居然被留了下來。

「體能測驗是都通過了，」蔡教練平靜地說：「但是你們幾位在個性特質上是否適合本公司，我們仍有些疑慮，所以要藉著一次對談試著釐清，請不要緊張，留下不代表一定被辭退。」

「那領到錢的呢？」另一個拿到信封的女生問。

「就是本週表現沒問題的，下週一請繼續來公司。」蔡教練說。

「眞不懂我那兒出問題了。」張力仁憤憤不平地說。

「別擔心、別擔心，」蔡教練拍拍手說：「都明白了吧？那領到的就先走吧，週一再見。對了，週六、日這兒也會開放，會有兩名教練輪值，想自己來練習的還是可以來。」

自己等等還有補習班的課要上，不能久留，鄧山對留下的同伴揮手告別之後，離開公司。

這一天主要是測試而非訓練，就算早上的訓練，也多以不很操勞的柔軟運動、有氧運動爲主，所以比起星期一和星期三，鄧山的精神是更好了。下課後，他還陪著柳語蓉吃了宵夜，才回家休息。

星期六清晨，習慣早起的鄧山一樣七、八點就爬了起來，東摸摸西摸摸半天，總覺得不對勁。想來想去，終於還是換上運動服，又跑去公司，原來每日運動已經成爲習慣，突然停下居然渾身不對勁。

到了公司，鄧山意外地發現，居然有三十多個「同事」在，原來挺多人和自己想法一樣，鄧山不禁失笑，脫掉外套，開始在跑道上熱身。

因為今天沒有分組訓練，每個人各自選擇自己想做的運動，在不同的地方活動著，氣氛上也比較輕鬆。鄧山正跑著，身後突然追來一個青年，跑到身旁喚了一聲：「鄧山，早啊！」

鄧山轉頭看清對方，點頭說：「早啊，黃子傑，你也來了？」

「對啊，在家裡怎麼都覺得不對勁。」黃子傑是鄧山上週同組的同事，他只有二十出頭，剛退伍不久，個頭不高，不過肌肉十分發達，圓圓的臉還有點稚氣，算是笑口常開、挺好相處的人。

「我也是。」鄧山笑說。

「我跟你說，」黃子傑配合著鄧山的速度，一面跑：「聽說那天留下的全被開除了。」

「怎麼會？」鄧山可真是吃了一驚。

「張力仁有打電話給我。」黃子傑說：「他說，他後來打電話問過很多人，雖然是分別談話，但是全都請回家了。」

張力仁倒沒向自己要過電話，大概因為自己很少和他們聊天吧？鄧山問：「那有給他們薪水嗎？」

「有。」黃子傑說：「不過張力仁還是很生氣，畢竟四千只是小錢，他想要的是通過試用期以後的薪水。」

「這也難怪……」鄧山可以體會張力仁的心情。

「我覺得自己身體狀況比當兵被操的時候還好耶，眞奇怪。」黃子傑突然說。

「嗯，我也是。」來這公司以後確實身體好很多，是因爲這些教練訓練的方式很棒嗎？也許這就是所謂的專業訓練師吧？鄧山想不通，也就不去管他了。

「不知道中午有沒有飯吃？」黃子傑突然嘿嘿笑說。

「不會吧，今天不是上班時間耶。」鄧山失笑說。

這也是這公司的特殊之處，現在會提供午餐的公司已經很少了，這公司居然提供自製飯盒，而且還挺美味的。

「我加速囉。」黃子傑打了個招呼，往前衝了出去。

鄧山繼續照著自己的節奏來，他還要慢跑個一圈，才開始練習。

就這麼到了中午，鄧山正準備去浴室洗個澡，卻聽到輪值的李教練大聲說：「大家注意，週末也有供應午餐，請自行到十一樓用餐。」

還眞的有？這公司眞的非常非常怪。吃了一驚的鄧山，一面搖頭，一面走進浴室。

沐浴後換上衣服，走到置物櫃，拿出手機一看，卻看到一通來自柳語蓉的未接來電。鄧山先到十一樓，一面領飯盒，一面回撥。

柳語蓉很快接起電話，開口就說：「山哥！你跑哪去了？」

「我去公司啦。」鄧山說。

「去公司？今天不是放假嗎？」柳語蓉說。

「反正我們到公司都在運動，我繼續來運動啊。」鄧山說。

「好無聊喔，下午陪我出去玩。」柳語蓉說。

鄧山望望手中的飯盒，皺眉說：「我都領了飯盒了，不好意思吃了就跑啊……晚上再陪妳好不好？」

「放假還有飯吃？」柳語蓉也很訝異。

「對啊，奇怪吧。」鄧山呵呵笑說：「我也很意外。」

「很適合山哥的怪公司。」柳語蓉噗嗤一笑說：「那我等你回來一起吃晚餐喔？」

鄧山說：「好，我去接妳。」

鄧山掛了電話，抬頭卻望見李教練。對方微笑著問說：「女朋友？」

鄧山乾笑兩聲說：「不是啦。」

李教練帶著笑容點點頭，沒再多問便走開了。鄧山卻有點茫然了，柳語蓉和自己到底是什麼關係？她和自己相處的時間，說多不多，說少不少，表現上，似乎對自己很有好感，但與其說是男女之情，卻更像妹妹對哥哥的依賴……雖然她曾對語蘭說過喜歡自己，會不會其實是她誤會了她自己的心情？

那自己呢？自己到底只是把她當成一個需要人憐愛照顧的可愛妹妹，還是另有一番不同的情愫？是不是該把這件事情弄得更清楚些？

自從柳語蘭提醒之後，自己漸漸開始用另外一種眼光看著柳語蓉，許多時候，確實會不自禁地怦然心動，但是如果眞的要發展成另外一種關係……又該怎麼做呢？

鄧山雖然活了二十多歲，卻還沒眞和異姓交往過，這可有點難倒他了。鄧山想來想去，想得頭疼，最後還是決定多一事不如少一事，都這樣混了兩年，還是先繼續混下去好了……鄧山最後還是把這些煩惱扔到一邊，打開飯盒，大快朵頤。

就這樣每天過著一樣的日子，轉眼間過了一個月，其中有一點點和過去不同的地方，就是從第二週開始，鄧山就與補習班班主任協調，希望能把週日的課改到週六晚上，因爲他已經習慣白天都在公司運動，當時第一週之後的週日上午在補習班授課時，他簡直是渾身不對勁，一心只想回公司跑步流汗。

當然，鄧山也順利通過了第二至四週的考驗。考試的項目，眾人明顯感覺到越來越難，比如第四週的考試，居然是二十公里長跑，而且限制在八十分鐘之內跑完，鄧山根本沒想過自己有能耐跑二十公里，更別說還有時間限制。問題是……就這麼依著教練的指導，還眞的達成目標了，而且無論是短跑、長跑、攀岩、跳遠、舉重，每一項都能達到公司規定的目標。

不只是鄧山，幾乎每個同事都能通過測驗。而在這種奇妙的狀況下，還是每週都有人被辭退，從第一週八十餘人，到第三週只剩下二十多人，而且眾人完全找不出公司錄用的標準。

久而久之，沒道理也變成一種道理，畢竟公司一直沒叫大夥兒做什麼事情，反而付錢讓他們前來鍛鍊身體，如果被辭退了，只能當成是自己倒楣，也沒什麼好抗議的。

別說被辭退的人不知道原因，一直沒被辭退的人其實也是一頭霧水。比如鄧山，他不只沒想到自己能一直通過體能的考核，在這種大幅度不留用的狀態下，自己爲什麼還被留著，眞是很難理解的事情。

第五週終於開始，到了公司，果然只剩下十來個夥伴。現在越來越確定了，每週五被留下來談話的，沒有半個人能「留下」，上週本還有二十六人，發薪時留下了七名，今日果然只剩下十九個。

什麼時候輪到自己被開除呢？望著眼前的八個教練，鄧山不由得有點好笑，再過兩週，會不會教練比學員還多？

「很高興你們能進入第五週。」這次發話的是另一個教練，姓劉，看似接近四十歲，在幾個教練之中，似乎年紀比較長一點。他望望眾人說：「除了薪資繼續加倍之外，我們這週開始，訓練的內容會有些改變。在說明之前，公司有一點特殊的狀況，需要以下兩位配合……郭安卉、鄧山。」

鄧山一怔，站起身來，另一側，一個身材有點嬌小的清秀女子也跟著站起，正是郭安卉。兩人對視一眼，從對方的神色中可以知道，彼此都不明白發生什麼事情。

「你們兩位跟著周教練去。」劉教練向旁一指。

周教練就是第一天解說的那位女性教練，她正走出兩步，對著兩人笑笑說：「跟我來吧。」

莫非終於輪到自己被開除？雖然不大合乎週五開除的慣例，不過這公司不管怎麼破例都不奇怪。鄧山見四面眾人都同情地望著自己，心知大家想法都差不多，只好乾笑一聲，隨著周教練而去。

周教練引著兩人從十二樓走到十樓，進入一間小型的會客室。等三人分別在沙發坐定，周教練微笑說：「相信你們都有感覺到，我們公司很特殊？」見兩人點頭，周教練接著說：「我們公司雖然說試用八週，其實你們兩位已經被錄取了。」

這話可真驚人，鄧山是張大了嘴，郭安卉則輕噫了一聲，兩人都吃了一驚。

「本來就算是錄取，也是等過了八週才會告訴你們，這次特別提早通知，是因爲公司下一次出差需要多兩名人手。這訊息來得有點倉卒，我們不勉強你們配合，但是如果可以的話，是幫了公司一個大忙。」周教練說。

「出差？」鄧山問。

「嗯，」周教練說：「明天開始，到星期四爲止，一共三天。鄧山，你星期三晚上補習班的課可以調開或請假嗎？」

「我今天晚上去問問看。」鄧山說。

「最好是等等就用電話問看看，越早知道越好安排。」周教練跟著轉頭對郭安卉說：「安卉，我們知道妳每天晚上去美語補習班進修英文。」

「呃……是。」郭安卉似乎有些意外。

「可以請三天假嗎？」周教練說。

「可以啊。」郭安卉說。

「那妳這邊沒問題了，就看鄧山可不可以。」周教練轉頭望著鄧山。

「這樣好了，我去打個電話問。」鄧山走出房間，打電話給補習班班主任，說了有特殊狀況需要請假。還好班主任文武全才，自稱所有課程都可以代課，總算沒讓鄧山困擾。

鄧山回房告知周教練，周教練很高興地說：「這樣就太好了，你們兩位從這週起就成為正式員工。面試時說過，週薪三萬二起，我向上面爭取，讓你們以週薪三萬五起薪，沒問題吧？」

雖然已經領了四次薪水共兩萬四，聽到這話，鄧山還是有點半信半疑。他與郭安卉對視一眼，兩人這才有點呆滯地說：「沒問題。」

「嗯，另外，我們每逢出差會另有補貼，基本補貼三萬，測試產品任務成功的，還會另外獎勵十萬。」周教練一笑說：「如果一切順利，你們這週就可以領到十五萬以上……這是公司聘用的契約，你們慢慢看，覺得沒問題的話，簽約之後就是正式員工了。」

這種薪水會不會太高啊？鄧山呆了呆，忍不住說：「請問有什麼危險嗎？」

「危險啊……該怎麼說，」周教練搖搖頭說：「要小心就是了。其實就像去登山一樣，要是有足夠的知識和器具，危險度就很低；要是不聽人指示亂跑，就會有危險。」

「周教練。」郭安卉囁嚅地說：「不會叫我們做犯法的事吧？」

周教練一怔，呵呵笑了起來，搖頭說：「你們放心吧，沒有犯法，但是眞的十分辛苦，所以才這麼需要訓練你們的體力。你們可以看契約內容，和一般普通公司不同的地方就是第四條保密協定；但是裡面也註明了，保密原則只對合法的事項有效，所以不用擔心公司騙你們去犯法……其實，很多高科技公司都必須和員工簽訂保密協定，我們不算特例。」

這麼一說，兩人也放心了些。周教練接著說：「正式員工除了出任務以外，在這每年招募新人的兩個月期間是放假的，所以你們等等不用去上面了。」

「放假？有薪水嗎？」郭安卉訝然問。

「當然有，」周教練說：「我們對員工很好的，但是一年以後，薪資發放方式會改變……這些到那時候再說好了。鄧山，這次出差之後，要是你覺得可以適應，可以考慮把補習班辭掉了，你該不需要那一筆收入；至於安卉的美語補習，因爲隨時可以請假，比較沒關係。」

這話說的也沒錯，鄧山在補習班的鐘點費不高不低，一個月大概領三、四萬左右，和這公司的收入相比，眞的可以辭了，何況兩邊時間上又會有衝突。

「如果我做得來的話，應該會辭掉。」鄧山說。

「你們先看看合約吧。」周教練輕笑說：「沒有問題就簽了給我，我才能告訴你們需要保密的東西。」

合約其實眞的不複雜，看起來也沒什麼陷阱，最主要就是那條保密協定，密密麻麻地寫了七款。簡單來說，只要公司做的事情合法，幾乎所有事情都必須保密，不管任何親朋好友眷屬都一樣；而不得不和外人聊到公司時，公司會傳授一套標準說法，只要離開公司，就要以那套說法應對，否則不但辭退，還要賠償公司的損失。

鄧山看了又看，終於還是簽了。一旁的郭安卉似乎有點拿不定主意，見鄧山簽了名，這才跟著簽了下去。

周教練收起合約說：「我這兒有一片影片光碟，你們兩個一起看，裡面有些明天出差的要點和說明，把該記的記熟就可以下班了。明天早上八點到九樓集合，還有問題嗎？」

「沒有。」鄧山說。

「好，」周教練一笑說：「記住囉，光碟中的內容是公司機密，不能跟任何人提起，那些還在試用的員工也不行。」

周教練說完之後，留下那片光碟，掩上門離開，房間裡只留下鄧山與郭安卉兩人。

兩人對視一眼，鄧山拿起光碟說：「我來放。」

郭安卉回了個淺淺的微笑，點頭說：「好，謝謝。」

一個月的訓練過程中，兩人早已認識，但今日卻好似第一次對話，都有點小尷尬。此時，鄧山才突然發現，留下的每個人似乎都屬於話少的，那些會主動找人攀談的，比如劉力仁、黃子傑等等，早在前三週就已經被辭退了，難道這就是這公司選才的條件？不大可能這麼古怪吧……不過看那保密條款，說不定眞的是這樣……

打開電視和放影機，放下光碟的鄧山搖了搖頭，回到郭安卉身旁，卻見桌上放著兩份紙筆，郭安卉正輕聲說：「我在那邊桌上拿的，也許會用到。」

確實得做紀錄，鄧山點頭道謝之後，拿起一份紙筆，與郭安卉一同專心看著電視影像。

影像一開始，令人十分意外的，彷彿動物頻道般，說明著一種叫做「金靈」的生物。那動物靜止的時候有各種不同的造型，有像金屬塊一般的，也有像石頭一般的，更有像樹木一樣的，沒有固定的外形；而移動的時候卻會做出各種變形，有的會伸出怪形怪狀的四肢奔跑，也有只冒出單足的，用蹦跳的方式前進，更有冒出兩片蝙蝠般翅膀飛翔的。而無論是移動還是靜止，外觀都沒有固定的模樣。

一開始三十分鐘，全在介紹這種沒聽說過的生物各種模樣，鄧山和郭安卉幾乎看傻了。當看到影片中一個看似大塊鵝卵石的東西，突然無端端變出兩片翅膀往空中彈飛，郭安卉終於忍不住喃喃地說：「這是很逼眞的動畫還是什麼……這世上不可能有這種東西。」

鄧山尷尬地笑了笑說：「不會叫我們看動畫吧？」

「可是眞的不可能啊。」郭安卉轉頭，嘟著嘴說：「我是讀生物系的，這世上沒有這種東西。」

「是不是因爲保密，所以大家都不知道？」鄧山說。

「不，是結構問題，這明明是大型生物，卻沒有任何已知大型生物的特徵，還可以任意變形……你注意到了嗎，牠沒有眼耳口鼻，這樣如何進食？金靈這名稱更是古怪，很沒道理的取法，好像幫寵物取名一樣。」郭安卉難得一次說這麼多話。

鄧山當然沒法回答郭安卉，只好沉默以對；郭安卉也不再說，繼續盯著畫面。

接著畫面一變，突然出現了一個人往金靈走去。影片中的旁白是個柔美的女聲，此時正說到：「金靈十分畏懼人類，而且十分靈敏，如果感覺到有人類接近，或者奇怪的聲響、氣流，金靈會以最快的速度躲避。」畫面中的金靈果然倏然衍生出好幾隻怪腿，朝另一個方向奔跑。

「所以人類很難接近金靈。」然後畫面一換，出現了一個手錶狀的物體，表面卻不是一般手錶上的指針或數字，而是一個類似雷達的畫面，上面閃著紅點；並且，這表面直徑約七、八公分，比一般手錶大上許多。聲音跟著說：「這是金靈雷達，可以調整不同的顯示範圍，紅點就是金靈的位置；如果雷達上紅點正快速移動，就代表金靈正快速奔跑。」

「雷達？」郭安卉彷彿忍無可忍地低聲罵說：「什麼呀，用雷達找生物？」

影片中的聲音當然不會理會郭安卉，接著說：「但就算有金靈雷達，因為金靈靈敏的感知能力，也很難接近，只有當金靈休眠的時候，才有辦法。」

「每十到十五日，金靈會休眠一日。」聲音說：「如果我們接近一個紅點，紅點又沒逃離，就是找到了休眠中的金靈，此時就可以和牠產生接觸。」

「當人類與金靈接觸的時候，金靈會與人體結合。」畫面上，一隻剛脫下手套的人手，正朝一個似乎是金靈的石塊接近，兩方一碰，金靈彷彿被那手臂吸附又彷彿軟化，有如一個往上飛的怪色麵團，包裹住那人的手掌。跟著只在幾秒之間，那麵團就貼平於那人的手臂上；又過了幾秒，麵團彷彿消失了一般，那人的手臂又恢復了原狀。

「此時金靈已經附著在人體皮膚之外，而且不能變化與離開人體。」畫面上正播放著剛剛的慢動作重播，一面說：「這樣就算是成功捕捉到一隻金靈；此時開啟雷達上的呼喚裝置，支援人員將會迅速抵達，將你帶回實驗室。在實驗室中將你與金靈分開後，就完成了一次任務。」

原來任務就是要捉金靈？鄧山終於搞懂了，轉頭望望身旁的郭安卉，卻見她依然緊蹙著眉，一副不能置信的模樣。鄧山不禁有點好笑，於是說：「別煩惱了，明天去現場不就知道了？」

郭安卉被這一言提醒，也覺得自己似乎太過認眞，有點不好意思地笑了笑，舒開了眉宇。

此時畫面又回到雷達，雷達上面的方格正變化著大小，旁邊的聲音一面說：「金靈雷達最大可以顯示周圍五十公里的金靈，最小可以顯示周圍十公尺，每個人有長寬約十公里的責任空間，只要藉著雷達，搜索責任空間中的所有紅點即可；如果每個紅點都非休眠狀態，也可以通知支援部隊，另外劃分一塊區域尋找……一般來說，每個責任區域平均都有五到十隻金靈，也就是說，每尋找兩到三個區域，應該就會找到一隻休眠中的金靈，任務就可以完成。這就是我們公司的測試產品任務。」

「這樣說來，金靈是我們公司的產品？」鄧山說。

「聽起來好像是這樣，」郭安卉苦笑說：「聽不懂，到底是生物還是產品。」

「說不定是本公司生產的奈米結構變形生化機械人。」鄧山故意裝作一副很認真的模樣說。

郭安卉噗嗤一笑，搖頭笑說：「胡說。」

「現在很流行把什麼東西都加上奈米啊。」鄧山也笑了起來。

兩人畢竟都是理工科系的，都很清楚奈米是什麼意思，所以才會都笑了起來。因爲現在市面上滿街賣奈米產品的，反而未必眞的知道什麼叫做奈米，提到奈米，不禁讓人想起一堆錯誤且可笑的廣告推銷用詞。

兩人說笑間，影片還在繼續，接下來就是介紹任務區了。從影片上看來，都是一些十分原始的山谷密林，地形高低起伏、變化多端不說，密林之間藤蔓攀捲，完全沒有人走的道路，在其中行動果眞是十分累人，難怪需要很高的體能。

到了影片後半段，就是隨身裝備介紹，一個中型背包，裡面有睡袋與三天份的食水。除了雷達外，前胸上還另外掛著一個以備不時之需的小型對講機，可以隨時與實驗室或支援人員聯絡；腰帶上有繩索、萬用刀、登山杖、水壺、八字環、攀升器等物，還有附頭燈的頭盔、特殊材質的全身服裝。這些東西的介紹與說明就花了將近一個小時。

到了影片的尾聲，周教練又走進來，她陪著兩人把影片看完，這才說：「有沒有問題？」

「我有個問題，」鄧山說：「找到休眠的金靈，爲什麼要用人手去……吸？怎麼不用什麼盒子之類的東西，把牠裝起來就好了？」

「很好。」周教練點頭說：「因爲如果不用這種方式，只要任何其他東西一碰觸到金靈，金靈就會驚醒，就會馬上變形逃跑。」

「這世上眞的有這種生物嗎？教練……我眞的很難相信。」郭安卉還是忍不住詢問。

「妳會疑惑是正常的，」周教練說：「但是這種生物的其他資料屬於公司更高層的機密，我沒辦法告訴妳，事實上，連我自己都不是完全清楚。」

鄧山心中卻想，如果這個公司眞的能製造出這樣的生物，也難怪這麼有錢了，一些什麼機器人博覽會展示的那些東西，怎麼和這活生生隨意變形的金靈相比？

「時間還早，我可以上去加入訓練嗎？」鄧山突然說：「每天都運動習慣了，突然叫我回家很難過。」

「我也是。」郭安卉望著鄧山一笑。

「呵呵，我能體會，不過你們不能上去，他們一定會問你們一堆問題。」周教練笑說：

「跟我來吧。」

周教練領著兩人走出這會客室，轉入另一扇門戶，是一間長寬約二十公尺的大房間，雖然沒有十二樓寬敞，卻排放著各式各樣數量不等的運動器材、健身器材。

周教練回頭望著訝異的兩人說：「這是正式員工使用的房間，這間暫時沒人使用，今天就讓你們兩人先用吧，以後若是確定分配下來的房間，會發鎖匙，想住在這兒都沒問題……你們這次特例提早結束訓練，所以很多事情來不及說明，其他的細節等這次任務回來之後再說吧。」

不只管吃還管住喔？這公司古怪之處真是一波接一波，鄧山除了在心中怪叫兩聲之外，臉上已經懶得露出驚訝的神情了。

異世遊

找金靈

第二天，鄧山提早起床出門，趕在八點之前抵達公司。電梯在九樓停下，鄧山走出電梯，果見公司門已經打開。他走入面試時等待的那個大廳，四面望望，當初那幾百張椅子早已不知收到哪兒去了。

鄧山逛了逛，突然身後一扇房門打開，一個人探頭出來說：「鄧山？來吧。」

鄧山回過頭，發現招手的是李教練，連忙走了過去。走到門口，只見裡面有些凌亂地散列著十組左右的單人座椅，或坐或站了七、八個不認識的青年男女。

鄧山剛走進去，門口的李教練對著外面又嚷：「郭安卉，這兒。」

鄧山轉過頭，果然看到郭安卉也剛走進公司，正快步往這間房走來。兩人一起進入房中，李教練站在兩人身旁，放開音量說：「這兩位是新補入的同事，鄧山、郭安卉。」

兩人向眾人點了點頭，那些男女似乎也頗和善，紛紛露出微笑，回了個禮。不過每個人都沒張嘴，也沒人考慮自我介紹。

看樣子，沉默寡言說不定眞是這公司選才的最主要條件？鄧山一面想，一面覺得挺好笑的，一般公司大多希望員工具備協調性或領導力等團隊工作的能力，這公司卻似乎反其道而行，只想找不愛說話的人進公司。

「你們先坐一下，我們八點準時出發。」李教練交代之後，轉身出門。

鄧山和郭安卉兩人都不習慣主動和不熟識的人攀談，只好都在門旁呆站著。站啊站的，兩人目光偶有接觸，都在對方目光中，感受到一股互相了解的味道，不禁相對一笑。

跟自己某部分特質相似的人相處，也是挺輕鬆的，有些話不用多說就能彼此會意。鄧山輕鬆了些，目光向著前方那群人打量過去，不過看歸看，鄧山腦海中卻想到其他的事情。

鄧山其實並不算孤僻，但是他那三分無所謂和三分冷漠的人生態度，使得他不大會主動找人開口；若是有人與他攀談，他會保持禮貌，友善回應，甚至順勢開開玩笑，但心底未必關心對方。

當年能和柳語蘭成爲好友，除了男女異性相吸的基本元素之外，主要因爲當年十八、九歲的柳語蘭不只活潑，還具備著旺盛的好奇心，她看稍微年長的鄧山平常悶不吭聲，但是敲一下又會反應一下，不知爲什麼覺得挺好玩的；結果每天都特別找點事情對鄧山胡鬧，久而久之，她在鄧山心目中的份量慢慢加重，後來才成爲好友。

想起大一剛認識柳語蘭，她那嬌憨活潑的個性，以及成天弄一堆怪事情來唬弄自己的調皮模樣，往事歷歷在目，鄧山嘴角不由得露出了微笑。

至於妹妹柳語蓉現在也才十九歲，但是和語蘭當年的個性就大不相同了……

「笑什麼？」身旁的郭安卉突然低聲問，打斷了鄧山的胡思亂想。

「沒什麼。」鄧山有點不好意思，怎麼在這時候想到那些事情去？他收回心神，尷尬地岔開話題說：「我們公司好像女孩子比較少。」他望了望前方那七人，其中只有兩名女性。

「是啊，」郭安卉說：「看體能選用的話，女孩子比較吃虧。」

「這一個月，大家的身體都結實、強壯很多。」鄧山自知自己體型雖然仍較偏修長，但渾身也多了不少肌肉。不過，望望眼前身形嬌小的郭安卉，鄧山搖搖頭說：「妳倒是看不出來。」

郭安卉臉微微一紅，拉拉半掩著手掌的外套袖口說：「因爲我身材不好，所以喜歡穿寬大點的衣服。」

這話不好接，剛剛自己說的是肌肉，沒想到郭安卉卻扯到身材。鄧山呆了呆才說：「不會啦，妳看起來很好。」

郭安卉倒是噗嗤一笑說：「你又看不到，怎麼知道很好。」

這可眞的接不下去了，鄧山只好乾笑說：「反正……很好啦。」

聽到鄧山這句話，郭安卉不知怎地臉上微微一紅，輕啐了一聲，沒說話了。其實在這一個月的體能訓練，男性也就罷了，女孩子的曲線幾乎都更窈窕性感，大量運動產生的纖細腰身與結實腰臀，只要是男人都不免偷瞧幾眼。嬌小的郭安卉，雖然上衣都穿得十分寬鬆，直遮掩到大腿，但是真要運動時，衣服還是得紮緊，身材自然看得一清二楚。鄧山知道，郭安卉口中的身材不好，該是對自己胸部尺寸不大滿意，只不過不好說得太清楚。

還好尷尬的時間不長，很快就到了八點，李教練招呼眾人搭乘電梯，直到地下三樓停車場。

電梯門一打開，卻見電梯口不遠處，三名戴著淡色墨鏡、身材高眺修長的男子，正聚在一處說笑。看到眾人出現，他們轉過身來，開朗地招呼著。

這些人太活潑了點……不大像這公司的人。鄧山一面胡思亂想，一面打量三人。只見他們身上穿的衣服十分特殊，不是西裝也不是運動服，下半身是黑色的直筒褲，在腳踝處收束，接上一雙黑色軟皮短靴，上半身卻是一件非麻非絲的寬鬆黑色罩袍，在寬鬆的雙臂開口處與腰間，都有懸垂的絲線，似乎可以視需要收束。

至於髮型，三人倒是各自不同，一個平頭，一個及耳，一個長髮；除此之外，無論是身高或體型都很相似。

「李方！」長髮男子喊著李教練，一面指指鄧山和郭安卉說：「這兩位就是新人？」

鄧山這還是第一次知道李教練的名字，李教練一面點頭，一面回頭對鄧、郭兩人說：

「這位是康先生，你們和其他人一樣，這三天聽他的指示行動。」

「我叫康倫，叫我康倫就好，你們也是。」康倫拍拍李教練的肩膀說：「辛苦你了，交給我們吧。」

李教練點點頭，對眾人說了聲：「大家加油。」便返身回電梯去了。

「大家上車吧！你們兩個來我這車好了。」康倫笑說：「小妹妹坐前座陪我這個司機，如何？」

郭安卉一怔，見康倫指著前方三台房車型黑色吉普的其中一台，只好點點頭，打開車門，踏上梯板登入前座。

那自己也坐這台車囉？鄧山看眾人紛紛坐上車，連忙跟著坐入，他身旁同時坐入另一個沒什麼特徵的年輕男子，兩人相對點了點頭，誰也沒開口說話。

車子駛出地下停車場，進入車流，不久轉入大雅路、中清路，一路往西行，看樣子要上高速公路。

「這路挖來挖去是越來越難開了。」上交流道前，康倫一路喃喃地抱怨繞路，可惜其他人似乎都不打算吭聲，沒人答腔。

上了交流道，行車速度快上不少，三台吉普，一台跟著一台，從豐原轉出高速公路，再從省道轉入東勢，也就是所謂的中部橫貫公路。

對於在台中住了快十年的鄧山來說，如果南投各風景區算是前院，中橫就像是後花園一樣，尤其是大學那四年，整條中橫更是不知道跑了多少遍，這段路自然是不能再熟。不過，這車一路往這兒開，莫非抓金靈的地方就在中橫山中？卻不知道要開多遠？

一路上山，剛過天冷、和平，突然車子速度緩了下來，往左轉入一道橋。這兒鄧山以前常來，這橋叫裡冷橋，橋下是裡冷溪，再過去就是裡冷部落。裡冷溪終年溪水穩定、水質清澈，下游溪床很適合戲水烤肉或野營；尤其這兒不但離台中近，知道的人又不多，所以不像一般旅遊景點總是人滿爲患。相對地，溪床附近也沒任何設施，只能在一片原始中就地打理。

這兒景點其實也不算少，不過大多要走上一小段路，有些山林步道還可直通谷關，加上頗多山林已開發成果園，並不像昨日影片中所見的密林那麼原始而無人跡。

如果金靈在這兒，怎麼可能沒人看過？自己當年讀書時，某次探路發現後，就來這兒不知道幾趟了……鄧山正想著之間，卻見車子並沒打算停下，沿溪旁左側林道繼續往上行駛，開著開著突然轉入一個僅容一車行駛、並不像道路的林間凹口。

「刺激的來囉。」康倫突然吹了一個口哨，喊了一聲。

原來這段路又陡又崎嶇，到處都是大小石塊，與其說是路，感覺更像乾涸的河道。車子左搖右晃的，緩緩用低速上爬，車下鵝卵石砰砰轟轟地亂滾，三輛車互相隔得老遠，以免被前車的落石影響。

至於車中，除了緊抓著方向盤的駕駛外，每個人都緊抓著扶手，強穩著身子。就這麼搖了大約十五分鐘，繞過兩個彎口，前方突兀地出現一扇大鐵門，左右還蓋築了挺高的圍牆，不知道延伸多遠。

三台車子還沒駛到，那扇大鐵門已經緩緩地向旁邊拉開，而當三輛車通過後，鐵門又自動關上，該是有裝遙控器之類的東西吧。

一過鐵門，鄧山赫然發現，這鐵門之後居然出現平整的柏油路面，而且這柏油路面還被一個高數公尺、上方呈弧形的鐵絲網包覆，整片鐵絲網上爬滿了藤蔓，綠意盎然，好一條綠色隧道。

在那十五分鐘的顛簸之後，突然回到柏油路面，整個就是舒爽。鄧山正不知道該不該開口發問，康倫已經先一步說：「想問爲什麼那段路不鋪平整點嗎？」

「是啊，爲什麼？」回答的是郭安卉。

「這樣才不會有一堆人闖過來，」康倫呵呵笑說：「反正只有十幾分鐘，忍忍吧。」

「喔。」郭安卉皺著眉說。

「楊善白，你當初也問過這個問題。」康倫說。

鄧山身旁那年輕人嗯了一聲說：「我還是希望能把它鋪平。」

康倫聽了呵呵笑著搖搖頭說：「不行、不行。」

到了這兒，車速又快了起來，不過還是在山林間不斷地轉。就這麼開了約半個多小時，又經過一扇鐵門與圍牆，眼前才出現一幢建築在一片山林平野的花園別墅。

那是一幢佔地約兩百多平方公尺，沒什麼特色的二層樓別墅。反而是別墅外的庭園花圃比較有特色，各色花圃依種類沿著庭院道路排出各種不同的幾何圖形，美不美見仁見智，至少看來十分醒目。

別墅旁有一排平房車庫，車子駛入後，眾人紛紛下車。康倫關上車庫鐵門，引著眾人往別墅走。進入別墅，繞過玄關，眾人進入一個客廳後的小房。如果從格局上來看，這該是僕人房，不過裡面空空蕩蕩的，也不像有人居住。更奇怪的是，一群人都擠到這間房間裡做什麼？

鄧山正莫名其妙間，卻見站在門旁的康倫掩上房門後，對著門框不知道怎麼按了幾下，整個地板突然往下緩落；落下十幾公尺之後，正面突然出現另外一片有著方正金屬門的牆壁。原來這兒有個地下室？這公司可說詭秘到一種程度了，只不過是出差，卻好像來參加什麼諜報行動一樣，要不是薪水這麼高，恐怕也沒人願意來吧。

此時大夥兒彷彿等待什麼一般，人人都靜止不動。鄧山無聊之餘抬頭仰望，見十幾公尺的上方，那房間窗戶厚重窗簾的下端……正流洩出一抹日影的光輝。鄧山這才想起，這房子好像所有窗簾都放下了，而屋內燈光也都開啓著，可能這兒還有其他人在，預先把燈光打開了？

此時突然有一道紫色的光芒從前後左右同時透出，這幾道光芒彷彿在虛空中組合出一個平面，從高而低緩緩往下，掃過所有人的身軀。鄧山被這詭異的氣氛所懾，也不敢抬頭亂看了。

當那紫色光影掃到地面，進而消失之後，鄧山突然湧起一種怪異的感受，彷彿身子突然失重落下，但事實上自己又還是好端端地站著。鄧山身子一繃，穩了穩，卻看到其他人似乎也晃了兩下，莫非剛剛那股異感不只是自己有所感受？

「好啦、好啦。」康倫似乎是精神大振，他用力拍拍手說：「麻煩的事情都完成了，開始工作吧。」

康倫伸手打開厚重的金屬門，朝裡面一指，流暢地念：「老規矩，男生左邊房間、女生右邊房間，房中櫃子上有貼名條，請換妥衣服、拿好裝備，將櫃中所有東西帶齊，不要帶任何私人物品，完成後到飛艇前集合。對了，指點一下新人，嘿。」

飛艇集合？鄧山踏出兩步，看清眼前的景象，不由得吃了一驚，只見眼前一大片空地，周圍有好幾條通道往外延伸；而空地中間，一個龐大的藍色圓碟型物體，穩穩地架在五座低矮金屬腳架上。

這東西彷彿一個倒扣的巨大碟子，腳架不算也有三公尺高，直徑則超過十公尺，表面上異常光滑。如此龐大的結構，看過去居然毫無釘焊的痕跡，事實上，雖然泛出類似金屬的反射流光，但這反光卻隱隱有光彩流轉，又不似金屬。總之，看起來非石非鐵，不知道是什麼材質打造的。飛艇就是這東西嗎？這東西會飛嗎？如果中橫上面有這種東西飛來飛去，怎麼可能沒人發現？

「鄧山。」鄧山轉過頭，卻是剛剛同車的那位楊善白，他站在入口旁的一個房門前招手說：「來吧，等等就知道了，我們這邊換衣服。」

「好。」鄧山連忙跟過去。

這房間不算太大，裡面擺了幾組長方形櫃子，其他幾個夥伴已經打開櫃子開始著換裝。其中一個臉色白淨的壯漢對鄧山說：「東西都要記得帶，別忘了。」

「是。」鄧山連忙點頭。

繞了半圈，鄧山找到上面貼著自己名字的櫃子，不過那名條除了自己名字之外，還寫了「第八區」三個字，鄧山也不明白那是什麼意思，看別人都已經開始打點裝備，連忙打開衣櫃更衣。影片中有介紹，要換上固定的工作服，那工作服是一身緊身衣，看起來挺有彈性。鄧山學別人一樣，脫到剩下內褲，這才穿上緊身衣，沒想到這身衣服倒挺舒服的，並不會像一般緊身衣把身軀束得很不舒服；而且不冷不熱的，似乎很適合現在的氣候。

緊身衣之外，還有一雙靴子、頭盔與外套，頭盔有點像輕巧的安全帽，上面加裝一盞頭燈。靴子就像類似緊身衣一般，本來看起來似乎穿不下，但是套上去又十分合腳，踩在地上柔軟而有彈性。鄧山不禁有些讚嘆，這些裝備還挺方便的，怎麼公司設計出來以後不拿去市場上販賣？

最後就是背心型、直達臀部的外套，這件就沒這麼貼身了，不過上上下下口袋不少，看來櫃子裡一堆東西要放在這衣服上，卻不知道該怎麼放，昨天看影片好像是掛一條腰帶⋯⋯

鄧山正望著櫃子發怔，已經著裝完畢的楊善白，走過來說：「那支影片是很久之前拍的，以前是用軍用腰帶掛著，現在改用背心，不用腰帶了，這樣放⋯⋯」然後他幫鄧山收集各種登山物件，有的放入口袋，有的一樣是懸掛在腰間，只不過是背心外附的腰帶上。

鄧山連忙道謝，一面有點替郭安卉擔心，不知道有沒有人教她怎麼收拾。

「最後就是背包了。」楊善白幫鄧山背上，一面說：「這裡面有足夠的食物飲水，還有睡袋。水要斟酌著喝，不要一天就喝光了。」這倒是十分重要，鄧山連忙點頭受教。

「對了。」另外一個短髮青年突然開口說：「每一區也不像以前一樣，有四、五隻金靈，頂多只有兩、三隻，確認都是非休眠狀態的話，就直接通知飛艇帶你換區。」

「好的，謝謝大家。」這些提示都很重要，鄧山是真心感謝。

換好衣服，背妥裝備，鄧山隨著眾人出門。此時飛艇已經打開了一個半人高的門戶，眾人依序走入。飛艇內，康倫等三人分據三個方位的座椅，負責尋找金靈的六男三女則立在中間一個大圈內外，大圈周圍有三組半人高的弧形扶手，圍住這個區域。

鄧山在走入的時候，刻意站到郭安卉的身旁，低聲把剛剛知道的注意事項說了一次。郭安卉似乎有點緊張，連連點頭，沒有開口。

「抓緊囉。」康倫這麼一喊，人人都抓住了扶手，他回頭看鄧山與郭安卉也抓穩了，這才點點頭說：「起飛。」

鄧山只覺身子一晃，似乎真的往空中浮起。鄧山不禁暗罵，這飛艇也不設個窗口，否則就可以看看飛艇是往哪兒飛出去、怎麼個飛法。

過了片刻，飛艇似乎停了下來，此時飛艇正中央地面突然開啓了一個一米寬的圓孔，而同時上方一個兒臂粗的繩索正翻滾而下，穿過那圓孔往下直落。

「第一區！」康倫喊了一聲，那白淨臉的壯漢馬上走了過去，攀住繩索往下，不見蹤影。

原來名條上的字是那個意思？

鄧山正想過去洞口看看下方，只聽康倫已經先開口：「抓穩啦！」話聲剛落，飛艇又動了起來，鄧山只好抓住扶手，不敢往前走。

不過這麼遠遠地看洞口，一樣可以確定飛艇眞的正快速移動，飛艇飛行的同時，那根粗索也就這麼甩啊甩的，直到飛艇再度停下，粗索才又懸垂在中央。

「第二區！」康倫又喊。

這次是個女子攀出，很快地，一區一區過去，最後兩人果然是鄧山和郭安卉。當飛艇停在第八區的時候，鄧山對郭安卉打了個招呼，這才攀繩而下，垂入下方的莽莽山林。

剛剛連手錶、手機都留在櫃子裡了，卻不知道現在幾點？鄧山看看雷達，似乎沒顯示時間的功能，也只好不管了。

不過八點從台中出發，一路車程估計也不超過兩個小時，現在應該還沒中午吧？四面望過去，周圍除了樹還是樹，滿地落葉也彷彿從沒有人走過。鄧山打開雷達，調整了一下方位，雷達標示著自己的搜索紅線範圍內，一共有三個被標了號的紅點，看樣子自己這一區有三隻金靈。

仔細再看了看，三隻都一動也不動，看樣子都得探訪一次才知道了。鄧山拿著登山杖，往最近的一個「三號紅點」走去。

鄧山還沒找到三號紅點，就看到雷達上的紅點已經迅速地改變位置，可知並非休眠中。鄧山轉過頭，轉頭向著一號紅點移動。

在這高高低低的山林之中，不可能直線移動，目標看起來也許不遠，當眞走過去，往往得高低繞走兩倍以上的距離。在一個長寬十公里範圍的空間尋找顯示的三個紅點，可以想見要花多少時間攀爬奔走。

當鄧山確認三個紅點都不是休眠狀態的金靈時，天色已經漸漸暗了。以對講機通知飛艇之後，飛艇很快就趕來鄧山的上方，讓鄧山吊站在繩索末端的繩球上，直接將他從空中運送到所謂的第十六區，一面也教會他怎麼更改雷達設定的搜尋區塊。

第十六區似乎比之前的第八區還要原始，鄧山又尋找了一個會跑的紅點，洩氣之餘，不禁停下來稍作歇息。

直到現在爲止，他尋找的每一個紅點都在他看到形貌前消失，也就是說，鄧山還沒當眞看到過半個金靈的模樣。這樣一直撲空，體力上還不至太疲乏，心理上卻不禁有點氣餒。

此時天色已黑，鄧山打開頭頂的照明燈，望望四面山野，有點忐忑；雖然公司一直說這兒沒有兇猛的野獸，但是黑夜裡一個人在山林中，還是有點恐怖。

休息一下好了。鄧山找了個平地，卸下背包，靠著一棵粗大的樹幹，取出配給的食物，那是個類似果凍般的方塊，吃起來倒頗香甜，還不會口渴。鄧山一面休息，一面不時望著左手腕上的金靈雷達，也許因為天色黑了，頭燈遠不如日光強烈，此時看雷達上的螢光幕，感覺有點刺眼。鄧山把玩著雷達，想調整雷達的光度。

昨日的影片確實有提到一些雷達的功能，但當然沒提到這麼細節的部分，鄧山按下目錄鈕，隨便翻動著，想順便研究一下雷達的功能。

按著按著，突然找到一個選項是「濾波範圍」，這和亮度有沒有關係？鄧山按了進去，卻見裡面有一到十的區間，原始設定在七。

隨便調看看好了，鄧山壓啊壓的，將濾波設定按到一，雷達螢幕沒變，紅點卻變暗了……紅點亮沒關係啊，自己想要的是螢幕暗些，看樣子應該是調錯了。鄧山又把設定往回調，這次一直調到十的地方，螢幕仍然沒有變化，紅點則更亮了。

看樣子這只和紅點有關？鄧山正想調回原始設定，突然一呆，卻是螢幕上的紅點除了原來的三點變亮之外，居然另外冒出了七個光度比較暗的紅點。

這是怎麼回事？鄧山仔細看去，這些紅點除了光度不同之外，有關平面座標與高度都顯示錯誤，也就是無法顯示。

這是怎麼回事？這些不是金靈嗎？鄧山正想按下對講機詢問，突然發現其中有一個暗色光點就在自己身邊，要不要乾脆找看看，以後再說？

對鄧山這種不大喜歡說話的人來說，如果要他打電話去問某家店有沒有開門，他往往寧願直接騎車跑去看看，此時正是一樣的狀況，既然有個很近的光點，乾脆直接看看就好了。

鄧山揹上背包，把雷達顯示範圍調到最小，確定了暗色光點在東南方不遠，當下拿著登山杖，往目標緩緩走去。

也許這種暗色光點是誤判吧，或者是某些東西產生的雜訊，否則也不會設定在七。

鄧山一面走一面想，但是說不定這代表有些是雜訊、有些是眞的呢？雖然說很可能白跑，但萬一是眞的可就賺到了，何況這麼近，不去看看太可惜。

沒多久，鄧山就到了目標處，這次紅點沒跑，和過去幾次大不相同，也就是說，說不定是雜訊，但萬一眞是金靈，可就是找到休眠的目標了！

鄧山轉動頭燈向四方尋找，現在的問題是，不知道那東西到底長什麼樣子，雖然從影片中大概知道金靈的大小，但是萬一牠附在樹幹或石頭上，也是難以判斷位置。鄧山把兩手手套取下塞入口袋中，赤著手到處亂摸，卻也摸不出所以然來。因爲雷達可以顯示到很小的範圍，所以鄧山幾乎可以肯定，如果眞有金靈，應該就在自己立身處不遠……莫非，躲在樹上？

這也不無可能，鄧山抬起頭，見自己腦袋上方都是細細的枝條，心知不對。昨天影片有提到，在最近的距離下，紅點會顯示出金靈的形狀，如果牠變形成枝條，雷達上就應該會顯示長條狀，所以還是要找卵型的東西。

會不會藏在地底下？該不會吧，公司裝備可沒提供鏟子，鄧山有點後悔沒問過這個可能性，正考慮要不要用對講機詢問的時候，突然發現前方三步之外，有點異常地空曠。鄧山控制著燈光照過去，這才發現前方就是一個小型斷崖。

八成在崖下！鄧山走到崖頂往下照，這才看清，其實這也稱不上斷崖，只不過是個約莫三公尺餘的崩落土丘崖，看下去倒是什麼都沒有。不過在崖根那兒，有個地方黑壓壓的看不清楚，不知道是什麼東西。

鄧山稍微繞了一圈，轉到崖根，這才看清那黑壓壓的地方是個土洞，似乎像是什麼獸類挖的，看起來不算小，莫非金靈就藏在裡面？這也不無可能……說不定就是因爲藏在土洞裡面才變成暗色光點，鄧山也不管自己的想法有沒有錯，用燈光往洞內照了照，又用登山杖亂七八糟敲了幾下，見裡面什麼反應也沒有，當下大起膽子，趴下身貼地往內爬。

這洞斜斜往下，很快地，鄧山整個人都埋在土洞之中。這扁平土洞僅容一人通過，也不算太過緊迫，不過身子雖然可以順利過去，那稍微高起的頭燈卻老是撞上洞頂。鄧山想了想，索性把頭盔取下，用左手拿著往前方推，一面照明，一面前進。

燈光照耀下，可以看出土洞其實不深，大概鑽個兩公尺之後，就變成一個勉可容身的寬洞。鄧山鑽了進去，跪爬著轉了一圈，看看雷達，見暗紅光點果然在附近，鄧山心中十分欣喜，若是猜對了，就可以回去休息了。

這光點看樣子是……這邊！鄧山爬過去，發現土坑中的這片牆凸起一片圓形的石塊，鄧山右手屈指敲了敲，發出鏗鏗的金屬之聲，取下手套，上下撫摸，卻一點預期的反應也沒有。

看光點就是這兒啊……如果不是這兒，難道眞的要往下挖？又或者，剛剛那圓形石塊的材質會讓雷達產生誤判，所以需要「濾波」？鄧山放下頭盔，在弧形石面旁斜靠著洞壁，嘆了一口氣想，也許暗色紅點眞的沒有探索的價值。鄧山將雷達重新調整濾波數值至七，兩手下撐，準備轉過方向往外爬。此時他右手順勢伸向弧形石面底端，往前滑移的瞬間，中指倏然撞上一塊隆起硬物。

這撞擊的力道不大不小，但十指連心，鄧山一痛，正要縮手，卻感覺那塊硬物忽然軟了下來，只在一瞬間，彷彿有什麼東西往右手整個包了上來。

金靈嗎？鄧山又驚又喜，目光望去，果然手臂上好似突然包上了一塊怪東西。鄧山正想舉起右臂，突然覺得右手彷彿失去控制一般，整個軟了下來。他本來從半躺姿勢正撐持著轉身，猝不及防下，重心一歪，翻身跌了一跤。這下他腦袋剛好正面撞向那塊硬石，砰地一聲，鄧山眼前一黑，當場昏了過去。

在鄧山昏倒的同一瞬間，他彷彿聽到有人正對著他怒罵，至於罵些什麼，他已經聽不清楚了。

異世遊

全身放鬆才好逃跑

「混蛋！白痴！你給我起來！可惡！」

迷迷糊糊的鄧山從昏迷中醒來，只覺得腦門劇痛，這才想起剛剛不小心猛撞了石頭一下，手一摸，濕滑黏之餘還傳來一陣刺痛，鄧山忍不住痛哼了一聲。

剛剛好像有人在罵自己？鄧山找到滾到一旁、還閃亮著燈光的頭盔，心中一面抱怨，早知道就不要拿下頭盔，沒事把腦袋撞出一個破洞……就在這時，鄧山想起昏迷前的記憶，心中一怔，這才想起剛剛好像找到金靈了。

「你混蛋啦！不要以為這樣我就會幫你啦！可惡啊！氣死人了啦！我怎麼這麼倒楣啊！」

突然冒出一連串的罵聲，鄧山可眞是嚇了一大跳，他蹦了起來，卻又撞上洞頂，又是一陣劇痛。

「你白痴啊！不知道撞上去會痛嗎？」聲音又罵：「你乾脆直接點，去死死算了……好主意，趁著還沒完整結合，應該好過一點，長痛不如短痛，忍一忍就過去了。」

「你……你是誰？在哪邊？在胡說什麼？」鄧山的腦袋又撞這一下，連忙把頭盔戴上，一面用燈光照來照去，卻是找不到發聲的地方。更奇怪的是，鄧山也感覺不出那聲音是哪兒來的，彷佛左右耳同時聽到了相同的音量，一般來說，除非使用單聲道聽雙耳機，不大會有這種感覺。

「我是誰？你不知道我是誰？」聲音劈里啪啦地嚷：「我就是金靈啊！你不是來找我的嗎？給你抓住了啦！可惡啊，怎麼這麼倒楣，你們有研發新的雷達技術嗎？我看看……不像啊，還是那種爛雷達呀！」

「什……什麼？」鄧山張大了嘴說：「什麼金靈？金靈會說話？」

「我是天才啦，別的都不會說話，只有我會啦！」金靈的聲音說：「我才不告訴你是怎麼回事，對啦，差點忘了，我要幫你自殺！好吧，撞死你好了！」

「撞……？」鄧山說到一半，突然左右手同時產生一種奇怪的感覺，倏然間，兩手突然拉長，射出兩束臂粗的長束，噗地一聲，分穿入對面的土壁，跟著一股拉力從兩手傳來，扯著鄧山往對面土壁直撞。砰的一下，鄧山整個人貼在土壁上，胸腹劇痛，撞得頭昏眼花。

「泥土撞不死你？啊哈！那邊有硬的！」鄧山兩手突然往後一甩，又射出兩條怪臂鑽入土壁，接著鄧山又被往後直扯。這次則是身體背面砰地一下，撞上那突出石壁的圓石，這下可是更痛了，鄧山全身骨節欲碎，動彈不得。

「哈哈！多撞兩次就死了。」聲音得意地說。

「鄧山？鄧山？」突然鄧山胸口對講機突然出聲，是康倫的聲音：「你的身體狀態不大對勁，發生什麼事了？」

鄧山掙扎著按下說話鈕說：「我……我被金靈攻擊。」一面有點狐疑地看著自己的右手，怎麼這時又可以控制了？

「什麼？你的位置沒有顯示其他的金靈啊。」康倫說。

「合體以後，雷達就看不到了啦，白痴。」金靈的聲音又冒出來：「我撞死你！」跟著又拉著鄧山往圓石撞，這次則是撞上了頭盔，碰地一下，鄧山腦袋直冒金星。

「合體後就開始攻擊我了……」鄧山掙扎著說：「你沒聽到聲音嗎？他……還在罵我……」

「笨蛋，我是直接對你腦袋說話啦！」金靈的聲音說：「他當然聽不到。」

「你合體成功了？找到金靈了？金靈不可能說話啦，大概是合體不適應症，產生幻覺，等分離了就好。」康倫高興地說：「我馬上來接你，你等著。」

康倫說話的過程中，鄧山一面被金靈甩來甩去，渾身撞得都是傷。他正不知該怎麼告訴康倫這絕對不是幻覺的時候，突然金靈停了下來，沒再繼續攻擊。

鄧山發現手腳又恢復了控制，連忙忍痛往外爬，否則在這地洞中，康倫想找自己還不大好找。

「分離？等等！」金靈突然說：「別動！再動我就再摔死你喔！」

「怎……怎麼？」鄧山不得不停下動作，有點害怕地說：「你……你是幻覺嗎？」

「你才是幻覺！」金靈頓了頓說：「你是被叫來找金靈的？不是自己要用？」

「是……是啊。」鄧山說。

「難怪你一點內氣都沒有……你是哪兒找來的白痴啊？」金靈的口氣似乎好了一點，但還是不大客氣。

白痴？鄧山不禁有點火氣，他雖然算不上天才，卻也從來沒被人當過笨蛋。鄧山沒好氣地說：「什麼內氣？爲什麼你要這樣折磨我？」

「不要開口。」金靈說：「他們快到了，說不定會被聽到……在心中想，我就會聽見。」

「這麼方便？」鄧山一怔，心中想著：「這樣嗎？」

「對，」金靈說：「我知道了，你是被騙來的，既然還有人跟著找來，我就算殺了你也沒用了……嘖！可惡啊，怎麼會被你找到的？不過這次可以說話，總算是比以前好一點。」

「什麼騙來的？……什麼又叫做這次可以說話？」鄧山吃了一驚。

「這要解釋很久啦……」金靈頓了頓說：「他們應該不會馬上殺了你，那等完整結合以後再逃跑好了，這樣比較好跑。」

「殺了我？你別胡說。」鄧山心說。

「不然怎麼讓你和我分離？」金靈說：「合體之後，除非一方死亡，才會分開啊。」

這是眞的嗎？鄧山心中一寒，難道這次任務之後，出任務的九人都會被殺？

「找到金靈的才會殺啦。」金靈說：「大概他們騙你們說很好找吧，哪有這麼容易？這些年，有經驗的金靈都把休眠方式改掉了，還會被抓的只有新生不懂事的，新生的哪有這麼多？」

「鄧山，你在哪兒？」胸口傳來康倫的聲音：「沒看到你。」

「我在一個地洞裡面，馬上出來。」鄧山回訊。

「我跟你說喔，你不要告訴他們我會說話。」金靈說：「聽到沒有？還是我先把你舌頭割掉好了？」

「什麼割舌頭……」鄧山摀住嘴：「我不說就是了，爲什麼不能說？」

「現在沒時間說了，」金靈說：「你剛昏了十幾分鐘，我又摔你摔了一陣子……先讓他們接去吧，大概再過二十幾分鐘，就是最後階段的結合，到那時候我們都會昏迷大概五個小時。」

「喔……」總之，現在可以往外爬了，鄧山說：「你很清楚呢。」

「當然，我曾經和四個人類合體，一共將近五百年時間，才終於自由。」金靈唉聲嘆氣地說：「沒想到自由不到百年，今日又被人抓住，可恨啊。」

此時鄧山已經爬出洞口，他往上看去，果然看到飛艇懸浮在上方，那長長的繩索正垂到自己眼前。鄧山一面準備攀爬，一面無奈地在心裡說：「我不知道金靈這麼討厭被抓，否則我不會抓你的。」

「其實世上大概也沒人知道，」金靈這時反而好像看開了，他說：「你這種被騙來送死的，看來也沒什麼家族背景，該沒有人等著承接你用的金靈吧？」

「沒有啊。」鄧山說：「我來這公司之前，根本不知道什麼是金靈。」

「嗯，那你答應我，死了以後，不要找人接手和我合體。」金靈說。

現在討論自己死了以後的事情，會不會太早啊？鄧山有點好笑地想：「我死了的話，不就分開了嗎？你自己逃跑不就好了。」

「共生體死亡的話，金靈因爲合體解除產生的痛苦，會昏迷十日。」金靈說：「這十日內，如果其他人來碰觸，又要被合體了……所以，只要到一個十來天內沒人會去的地方死就可以。」

「這樣啊？應該可以吧，就怕我快死的時候，生了重病動彈不得，那怎麼辦？」鄧山說。

「我還存有意識啊，到時候我拖著快死的你跑掉就好啦！」金靈高興地嚷嚷：「只要你不阻攔就好。」

「如果你有把握的話，我就答應你囉。」鄧山反正也不在乎什麼身後事，死在荒郊野外也無所謂。

「你說的喔！」聽得出來金靈十分高興，開心地說：「那直到你死之前，我就幫幫你吧。」

不要再拉自己撞山壁就好了。鄧山苦笑說：「那可多謝了。」

因爲鄧山剛剛被撞得渾身痠痛，攀爬繩索的時間長了一點，到這時才辛苦地爬上飛艇，剛探頭入飛艇，就看到康倫正滿臉笑容地在洞口迎接。

康倫看他灰頭土臉的模樣，有點意外地說：「怎麼了？」一面伸手拉起他。

不能說這是被金靈打的……鄧山腦袋轉了轉說：「我不小心從那土崖上跌下來，剛好跌到地洞，才發現金靈。」

「耶！你果然也會騙人！人類都有這個天賦！」金靈突然在鄧山心底說。

鄧山臉微微一紅，有點不知該怎麼回應。

「對了，我們確定一下。」康倫拿個連著根粗線的白色方板，在鄧山身前上下動了動。

沒幾秒，方板突然變成藍色，還發出了嘟嘟的叫聲，康倫高興地說：「太好了，眞的抓到了，你先休息一下，等會兒有點累的話，直接睡一下沒關係，睡醒再送你回別墅休息。」

「好，謝謝，我眞有點疲倦。」鄧山確實感到有點倦意，可能就是金靈所說的，最後的結合。

「這邊睡不安穩，」另一個短髮的青年突然開口說：「至少五小時呢，去彈射艙好了？反正安全鎖是關上的。」

「也好。」康倫點點頭。果然和金靈說的一樣，這人也說五小時。鄧山心中又微微一寒，這些人眞的會殺了自己？

「你到現在還以爲我騙你啊？」金靈不滿地說：「我又不是人類，我不會說謊的！」

金靈說話的同時，康倫也說了一串話，兩股聲音一雜，鄧山沒聽清康倫的話，連忙在心中念：「金靈，你不要和別人一起說話啦！」

「好啦、好啦。」金靈說。

鄧山這才尷尬地說：「康先生，不好意思，我分了神，沒聽清楚。」

康倫倒沒生氣，微笑說：「我是說，你把背包、背心、頭盔、雷達這些不方便的東西先放下，來這兒休息。」

鄧山依囑咐卸下裝備，隨著康倫走到他座椅旁邊。只見康倫突然蹲下，然後往地上一掀，掀起了一片方板，底下是個可以鑽入、恰容一人躺平的空間，看起來還挺柔軟的。

康倫掀起的那片面板，上面有一個紅色按鈕，按鈕被一個透明方盒蓋著，方盒上面有個鎖孔，看來要用鎖匙才能打開方盒，按下按鈕。

「這是逃生彈射艙。」康倫解釋：「是有危險的時候用的，可迅速脫離飛艇，還有緩降設施，按這個鈕就會啓動，不過只有我們三個有鎖匙，你不用擔心睡著時不小心按到。」

看起來很像棺材。這樣睡不會氣悶嗎？鄧山正想拒絕，卻聽到金靈說：「這個好，快躺進去。」

「眞的嗎？」鄧山無奈之下，只好鑽入彈射艙。

「眞的、眞的，」金靈說：「再完美不過了。」

而康倫見鄧山沒再開口，只笑了笑說：「你好好休息吧。」緩緩關上了彈射艙門。這艙中不知哪兒透出一點微光，不過並不強烈，還不如眼前那個發出紅光的按鈕顯眼。

「你還沒跟我說爲什麼這邊好？」鄧山也不知是不是心理因素，頗有點氣息不暢的感覺。

「等我們合體完成，就直接用這個彈出去逃命呀！」金靈得意地說。

這太誇張了吧。鄧山張大嘴說：「金靈，你說什麼……」

「對呀，怎麼了。」金靈說：「待在外面的話，萬一外面那洞口關起來，怎麼逃？你什麼都不會，打不過神使的。」

「什麼神使？」鄧山聽不懂。

「你到底是從什麼鄉下地方被騙來的呀？怎麼什麼都不知道。」金靈說。

台中雖然不算太繁華，也不算太鄉下吧？難道大都市的人就知道什麼是神使？鄧山可不這麼覺得。

但金靈個性好像有點難以溝通，鄧山只好不提此事，抓回話題說：「總之，要逃也不要在空中的時候逃啊，摔死怎辦？」

「不會啦，放心。」金靈頓了頓突然說：「我發現喔，不該叫我金靈。」

「不然呢？」鄧山沒好氣的說。

「金靈是我們這類生物的統稱，我就是我，該替自己取個名字。」金靈說。

「好啊，你取吧。」鄧山漸漸覺得金靈的某些心態和言行其實帶著點稚氣，換個角度看還挺可愛的。

「嗯……嗯……」金靈頓了半天，終於說：「我是第一個能在合體狀態還醒著的金靈！既然是第一個，我就叫金大吧！」

「想這麼久，就想出這個名字喔？」鄧山現在已經越來越疲倦，閉上眼睛的臉上掛著笑容，隨時都可能睡。

「難道不是很棒嗎?另外一個就叫金二吧!」金大說。

「什麼金二?」鄧山雖然在心中冒出這個問號，卻終於禁不住睡魔的襲擊，陷入了昏迷。

□

「嘟嘟嘟!啦啦啦!」

「碰碰碰!答答答!」

「完成啦!醒來醒來!」

「什麼?」鄧山半夢半醒，眼前好像出現一個怪模怪樣、矮小平板狀的金屬人，正對著自己手舞足蹈。

「合體完成啦。」小金屬人擺了個古怪姿勢說。

「喔，完成了?你是誰?」鄧山迷惑地問。

「我是金大呀!」小金屬人平板的臉孔做出生氣的表情。

金大……自己好像聽過這名字……哪兒聽過呢?

「什麼好像聽過……」小金屬人突然跳了起來，兩個眼睛閃出血般紅光，那片紅光正不斷地擴大，他一面大嚷說：「原來你還在睡！快醒來！快醒來！」

自己在睡？夢中的鄧山一怔，注意力往周圍一轉，就在這一瞬間，周圍的畫面好像被收入一個黑桶之中，倏然消失。鄧山的眼睛微微睜開，看到了眼前那紅色按鈕有些刺眼的光芒，這才眞的從夢中醒來。

金大正在叨念：「眞不知道人類爲什麼這麼愛睡，生命中有三分之一到四分之一的時間就這麼睡掉了，還好養氣之後漸漸不用睡這麼多……對啦，你爲什麼沒內氣又不是神使？你好奇怪，世上居然還有這種人。」

「什麼內氣？」鄧山迷迷糊糊地問：「我還想睡一下。」

「別睡了，該逃命了。」金大說。

鄧山想起金大睡前說的話，提起精神說：「眞的要逃嗎？我覺得他們不像會殺我。」

「要是讓你覺得，他們還殺得到你嗎？」金大說：「人類最會騙人了！」

「不然就先想辦法回家，然後打電話去辭職好了。」鄧山心中想著：「不過，他們會不會要我賠償被帶走的金靈呢？這恐怕很值錢……」

「反正先逃再說，其他隨便你。」金大說：「我們這次合體的狀況很特殊，我要找個安靜的地方研究一下。」

「怎麼特殊？」鄧山說：「你不是合體過四次了？」

「是啊。」金大說：「但是這次不只是我，還有金二。」

「金二？」鄧山一頭霧水。

「我一面測試，一面簡單解釋好了。」金大說完之後，鄧山突然覺得自己全身突然莫名地抖動起來，然後右手突然變重，才一瞬間，那股重量轉到了左腿。

而金大正接著說：「我們可以讓吸收到的能量與粒子轉換成身軀，在非結合的自由狀態下，因爲損耗機會小，身軀就會越來越大，越來越大，然後呀，就想分裂成兩個……你幹嘛？」

卻是鄧山剛剛感覺全身怪怪的，忍不住動了一下手腳，但是手腳卻不如預期的動作，反而胡亂地擺了一下。

「你和我不能同時控制這部分，會出問題……」金大說：「除非我和金二分開……不行，分不開。」

「什麼金二？」鄧山不管全身各處奇怪的感覺，迷惑地說：「你剛說到一半，還沒說完。」

「喔。」金大說：「我剛說到哪邊？」

「你說可以分成兩個。」鄧山說。

「對，」金大說：「我就是快分裂成兩個，沒法亂跑，所以才躲到那個石頭下，照理你們的雷達應該會被那裡面蘊含的礦物干擾，找不到我的……對啊！你倒是說說，我怎麼會被你抓到的？」

「難道是因爲我把濾波值改變了？」鄧山說。

「你改了濾波值？」金大生氣地說：「那就會顯示出一堆無效的雜訊啊，你根本是亂來嘛！我居然被你這樣逮到，好丟臉喔，天啊。」

「你……還是繼續說金二吧。」鄧山無奈地說。

「喔，對，你怎麼老是岔開。」金大說：「如果你早一點到，我還沒分裂出兩個意識，就只是一個普通的金靈，和你合體的同時，我的意識會消失，就不會醒著和你說話；如果你晚一點到，我就會分裂成兩個金靈，當然是看到你就逃，你追也追不到。」

鄧山這才有點明白，他在心中緩緩說：「但是我剛好……」

「對啊，你就在我產生兩個意識，卻還沒分成兩個軀體的那一剎那，剛好碰到我。」金大說：「結果是金二跟你合體，所以金二的意識就藏起來啦，我的就還在，可是我和金二身體還沒分開，所以就混在一起了。」

「爲什麼不是你的消失、他的存在？」鄧山說。

「我也不知道呀。」金大說：「那時軀體還沒分開，我和金二與你同化的機率應該是一樣的，也許因爲我很抗拒與你合體，金二卻因爲新生不懂事，所以就接受你了吧？」總而言之……這是特例中的特例，難怪康倫根本不知道金靈會說話，這種情況大概很難發生吧？

「那他們要捉你們去做什麼？」鄧山又想到一個問題。

「沒時間說了，我們先逃吧。」金大說：「我已經大概知道了，你什麼都不會，所以全身放鬆，讓我控制吧？」

「什麼我讓你控制？」鄧山有點心驚。

「不要怕東怕西啦，你想到什麼？我看不清楚……什麼附身妖怪？我才不是！可惡！」金大說。

「呃。」鄧山沒想到自己腦海中晃過的，金大也能感覺到，尷尬地說：「你自己說的話，聽起來很奇怪。」

「你不知道的東西太多了，要一樣樣解釋，明天都說不完，乾脆等著被殺好了。」金大說：「可是就算你不怕死，我可不喜歡感受到你的死亡，那感覺好討厭！好討厭！」

「我沒說我不怕死啊。」鄧山無奈地說。

「聽我的就對了！」金大說：「要不是你不會控制全體，我才懶得控制呢。你全身放鬆，隨著外力的感覺而移動，完全不要用力，就像這樣，懂了嗎？」

說話的同時，鄧山感覺到自己左、右手緩緩舉起，而這個動作是因爲手臂外一層均勻的皮膜，正帶著自己的手臂移動；而更古怪的是，那層皮膜的每一個動作，自己也十分清楚，彷彿自己也可以控制那層東西。

「沒錯啊，那就是我和金二的部分，你要是想控制也可以，但是我和你一起下命令的話，命令就會錯亂，結果就會亂動，所以不要喔！」金大一面說，一面控制著雙手握成拳，舉到鄧山的眼前。

「我乾脆繼續睡覺好了。」鄧山索性全身更放鬆一些。

「我倒沒想到這招，好像也不錯。」金大稱讚了一句，忽然右拳往上一衝，砰地一下，擊碎了上方那遮住紅色按鈕的透明方盒，同時將按鈕壓了下去。

倏然間，三條寬帶由上而下，啪地一聲，緊緊地綑綁住鄧山胸腹和左右腿。鄧山還沒來得及反應，一股力道帶著他往外直衝，眼前頓時出現大片星空，卻是整個彈射艙已衝出飛艇。

「開始逃命唷！」金大歡樂地叫了一聲，鄧山手掌下緣冒出了銳利的刃口，兩手一帶，那三條寬帶就這麼被切斷。鄧山的身體一脫去束縛，馬上與艙體分開，旋轉著往下飛落，落入了一片沉沉的漆黑虛空之中。

自己突然被扔到空中，任誰也會慌亂，鄧山顧不得剛剛答應的話，手腳亂揮，慘叫說：「掉……掉下去了。」

「放鬆！放鬆！」金大大吼說：「你想摔死啊？再不放鬆，我就打昏你。」

總算鄧山恢復了冷靜，放鬆全身，金大順利取得控制權，很快就控制著鄧山收束手腳，頭下腳上地飛射，這麼摔法更是越來越快。鄧山心中膽寒，忍不住大聲地叫嚷了起來。

「叫吧，隨你叫，但千萬別動。」金大一面說，一面突然有了動作。

鄧山發覺，大部分的金靈皮膜突然往背部、下脅、肩膀部分集中，然後猛然往外突了出去。鄧山雖然不明白怎麼做，當事情發生時，卻因爲心靈相通，可以立即感受到金大的操作方式與目的，所以，馬上知道金大正要變形成一對翅膀。

翅膀！這東西變得出來嗎？鄧山又驚又喜，忘了繼續嚷叫下去。

那金靈構成的巨翅正要外穿膨脹，卻遇上了那擁有超級彈力的緊身衣，緊身衣隨著巨翅漲開到一個程度，正似乎承受不了時，鄧山感覺到金大一轉念，變形的雙翼倏然回收，尖端針形化，高速彈出，將黑色緊身衣穿破了兩個小洞口。這時，金靈才順著小洞探出擴大，化作兩片巨大的三角片，貼在鄧山背後。那翅翼長度比鄧山的身高還長，尖端直探到鄧山腦袋前方。

變形之際，鄧山仍持續下落，而且因爲那三角片的整流效果，下墜的速度越來越快。鄧山的呼吸越來越不順暢，他還沒開口，金大哼聲說：「沒養氣過，才會這麼難過。」說話的同時，鄧山頸後突出一片長條，繞過鄧山耳下，貼著他眼睛下繞了一圈，回到後頸，彷彿半片面罩般罩住鄧山的口鼻；而在口鼻的附近，有著許多朝著逆風方向開的小孔，藉以保持空氣的流通。

這麼一來，鄧山口鼻前不再是劇烈的狂風，呼吸就順暢起來。他才舒服地喘了一口氣，突見黑沉沉的下方出現一大片雲霧，眼看就要穿了進去。

就在這一刻，三角翼末端突然輕輕轉了一個角度，鄧山垂直往下的身軀被一股力量猛然翻轉，只不過一瞬間，鄧山已經變成高速平飛，而身後那兩片三角板則再度變形，化成兩片寬型長條，彷彿客機機翼一般，帶著鄧山切過天際，平飛掠過下方那大片雲霧。

這一瞬間的轉折，一股強大的壓力往胸腹壓去，逼得鄧山彷彿五臟六腑都想從口中噴出去，還好他經過這段時間的訓練，體能已經頗爲強健，總算還受得了。

此時飛行的方向是向著西南方，正飛之間，鄧山驀然心中有感，轉頭望向左後方，卻見東方天際已露出了微濛濛的彩光，看來已近天亮，剛剛掠過的那片雲東方末端，正閃耀著似橘似紅的光華。鄧山不禁感嘆地想，在雲上看日出，感覺眞是不一樣。

「被發現了，他們追來了。」

金大說的同時，鄧山也發現，這身金靈皮膜似乎能感受到能量變化，並且這個感受也同時傳到了自己腦海中——右後方遙遠之處，正有股能量驅動著一個大物體破空追來。

這對鄧山來說，是五感之外的一種新感覺，一時之間還不大熟悉，所以要金靈提醒了之後，他才注意到。他回過頭望向那方，似乎看到一個小點，又看不大清楚。不過，金靈沒打算讓他看清楚，長翼再度變形爲三角翼，角度一變，鄧山又迅速地往下方飛射。

剛剛的平飛已讓速度減緩些許，此時往下落，再度把速度不斷提升。在東方晨曦映照下，鄧山看得清楚，下方是一大片的古林，而且這片古林似乎翻過了一個個山丘，無邊無際一直延伸出去，竟看不出有多大。

自己離開中橫的區域了嗎？這兒根本看不出是哪裡，鄧山四面張望著，有些慌急。

「不急，先甩脫他們再找路！」金大說。

反正自己只能放鬆身體，鄧山只好定下心來欣賞風景。他望著遠遠的南方，林間露出一泓曲折的銀光，從東到西，看不出來源，也不知去向，似是一條流轉於叢林間的大河，河上正反射著旭日光華，銀色光芒耀耀然動，彷彿活著的生物一般。

鄧山此時對金大越來越有信心，相信他可以讓自己平安落地，除了偶爾急速轉折有點難受之外，如此飛行其實是很暢快的一件事，若不是身後正有追兵，眞想在這空中多飛一會。

越來越接近地面之後，視野也迅速縮減，倏然飛翼末端又是一個偏折，鄧山身軀被飛翼帶著上仰，貼掠過下方的林梢，隨著高度越來越低，越需要不斷地轉向扭旋，每每在間不容髮的空隙中穿過，撞斷的細枝葉也不知道多少。

在一連串聲響中，眼前一大排林木倏然閃出，眼見再也穿不過去，鄧山忍不住閉起了眼睛，卻感覺到身軀陡然一浮，飛行的角度倏忽轉高。這一下風阻遽然大增，一股強大的力道將自己扯向後方，速度大幅降低的同時，三角翼突然斂回，鄧山四肢同時膨脹伸長，右手往旁一探，硬生生抓入一株巨樹，身子隨勢扭轉，攀在那棵樹上。

這段時間，爲了降落而不斷減速，後方的飛艇當然越追越近；更何況，論起速度，本身具備動力的飛艇，更比單靠滑翔飄落的鄧山快上許多。

鄧山抬頭一望，飛艇已經出現在正上方，而此時飛艇的門戶已開，兩個修長人影正憑空飄下，看來是康倫之外的另外兩人，康倫可能還在上面控制飛艇。「那兩個人會飛耶！」鄧山大吃一驚。

「你也會飛啊。」金大說。

「我……我是靠你飛的，」鄧山說：「他們好像是自己飄浮著？」

「那是神能，我不是跟你說過，他們是神使嗎？」金大說：「別看了，快逃。」

異世遊

闖回別墅

兩天後。

月已西沉，晨曦未起，在這漆黑的蒼穹中，只有點點閃爍星光，映照天地，也映照著下方這大片蒼鬱古林。

這樣的山林，這樣的時間，本該只有夜間覓食的走獸悄然來去，但此時卻有一個人形的黑影不知從哪兒冒了出來，在一片寂靜中破開草木林枝，在古林間飛竄、彈跳，劃出一道道虹般弧線。

正當黑影即將穿出山谷之際，黑影突然迅疾地一點地，身子往上飛射，直竄數十尺高，在一株人腿粗的橫枝上倏然凝定。

就著淡淡星光望去，那黑影身軀上安著的似乎是個人頭，看來是個二十來歲的年輕人。

不過，這年輕人的脖子以下可就不大對勁，雖然黑漆漆的看不清楚，但他的手足似乎特別壯碩，與那頗修長的身材完全不對稱，彷彿從哪個健美冠軍身上砍下四肢，硬生生安在他的身上；而這四支粗大雄壯、充滿力道的四肢，正或抓或頂地穩穩撐持著左右與下方枝幹，固定住身軀。再細看一點的話，可更怪了，這擁有怪異四肢的年輕人，眼睛卻是半睜半閉，一臉迷糊苦相，彷彿剛被人從夢中吵醒，正半睡半醒地直打瞌睡，一點也不像剛剛才在叢林中飛竄閃身，做過劇烈運動的模樣。

這勉強睜開眼睛的年輕人四面望了望，愁眉苦臉地自言自語說：「怎……怎麼了？」周圍沒人回答他，不過，年輕人腦海中卻響起了另一個聲音，那聲音似乎帶著點調皮的味道，正有點高興地說：「他們好像又追來了。」

年輕人四面望了望，突然駭然地吞了一口口水說：「怎麼跳到這麼高？」

他腦海中的聲音回答：「高點方便觀察和移動。對了，跟你說過，用想的，比較安全。」

「喔……我忘了。」年輕人閉上嘴，在心中回答了這一句。

「真的來了。」聲音說了這一句的同時，卻見年輕人突然雙足一彈，飛身穿過林梢，往南方密林處直衝。

他那粗壯而不合比例的手足異常靈活，只見他流暢地攀彈、推擊、甩扔迎面撞來的大小粗細樹枝，使身軀得以迅快地穿林過樹，只不過幾個呼吸的時間，已飛射出老遠。

就在此時，東面山林上方，一道粗大光柱陡然閃現，往年輕人剛剛凝定身軀的方位掃來，只一瞬間，光柱由一化三化五，五道粗大光柱，就在這附近山林間掃射不停，似乎正尋找著什麼東西。

這些光柱都來自一個騰起空中的大圓盤，那圓盤在空中不斷地轉動，周圍閃現著紫青色的螢光，在這漆黑的夜色中顯得格外明亮。

光柱閃動片刻，突然停下，一個柔和的聲音從圓盤中緩緩傳出：「鄧山，你是怎麼回事？瘋了嗎？快出來，難道你不想回家？」

同一時間，圓盤中落下了兩道黑影，飄浮在林梢與圓盤之間，正以高速追隨著先前那年輕人飛竄的身影。不過，這幾道黑影身手似乎沒有鄧山靈便，雖然是飛行，卻追不上在林間彈飛的他。

這位在林間飛竄的年輕人自然是鄧山，他腦海中出現的聲音當然就是金大……

鄧山聽到身後的聲響與呼喚，卻是手腳不停，持續迅速往南衝，但他臉色卻似乎沒有身體堅決，正有些遲疑地在心中問：「他們又在叫我了，我們眞的要逃跑嗎？」

「當然，」金大毫不遲疑地說：「就算你願意死，那種經驗我也不想再體會一次。」

鄧山皺起眉頭，有些不信，但又不知該如何說服金大。

「鄧山，馬上停下！若你還不省悟，我們就用武器攻擊你了！」那圓盤傳出的似乎是康倫的聲音，此時他的語調轉爲嚴肅。話聲剛落，鄧山附近突然一亮，猛然一聲巨響，一大片土石林枝炸起，大片的黃土碎枝隨著一股熱浪漫天灑開。

鄧山嚇了一大跳，他穿林過樹的流暢身形未停，腦袋卻驚駭地望向後方。只見遠遠追來的兩道黑影，手上各拿著一把類似槍的長棍，槍口正不斷射出白色光束，光束一閃即達，所擊中的地方立即轟然炸起一大片熾熱的炎流。

所幸鄧山動作迅速，又不斷轉變方向，對方的攻擊一直失準。幾次之後，對方似乎發現效果不彰，停止繼續遠距攻擊，但是追更急了。

「如果他們沒有惡意，何必追得這麼緊急？」控制著鄧山身軀的金大哼哼說：「這兩天那艘飛艇四處尋找，爲什麼連深夜也不肯稍作休息？這兩天……」

金大停了幾秒，突然又迅速地說：「哎呀，他們一定安裝了追蹤器，我沒想到這件事。」

「什麼？」鄧山吃了一驚。

「不然怎能一直緊追著不放？」金大沉默了幾秒，突然說：「這兒！找到了！」

就在此刻，鄧山後頸領口突然啵的一聲，一個小小的黑團翻出衣領，往外直射出去，嘟地一聲撞上鄧山身後的樹幹，黑暗中也看不出來是什麼東西。

「好了，離開這兒之後就安全了。」金大聽起來十分得意，說話的同時，鄧山的四肢未停，持續穿行在林間，不斷往南方的大片荒林射去。

又過了好一陣子，連穿出數座山谷的鄧山，終於在一處山崖凹口下輕輕落地。金大笑著說：「這次該可以安心休息了。」鄧山臉上還是那副十分疲累的神情，他將左手移到臉前，似乎想揉揉眼睛，但把手放在眼前時，他卻怔了怔，動作突然頓下來，望著那條雄壯到誇張的左臂發呆。就在這時，鄧山的左手彷彿變成黏土一般，整個突然軟了下來，只一瞬間，那大片雄偉的肌肉彷彿洩了氣一般消散，出現一隻合乎身軀比例的左手。鄧山呆了片刻，才苦笑說：「謝謝。」

「嘿嘿。」金大心情挺好，笑說：「你兩天沒休息，該很累了，睡一下吧？追蹤器既然失效，可以放心。」

「沒關係。」鄧山搖搖頭，望著空中的點點繁星，嘆口氣說：「眞不知道怎麼會變成這樣……你把我帶到哪兒去了，怎麼都沒看到城市？」

「這兒沒城市啊？你住哪兒？」金大說。

「怎麼說沒城市？我從台中來的。」鄧山說。

「那是哪兒？」金大說。

「你沒聽過台中？」鄧山愕然說。

「沒聽過。」金大肯定地說。

鄧山呆了呆，四面望望，心中有點發寒，他深吸一口氣，才強自鎭定地說：「那這兒是哪兒……？」

金大說：「這兒叫南墜島，是個小島，在南谷大鎭自治區東方外海。」

什麼南谷大鎭自治區……自己不是在中橫山區嗎？又或者……這聲音根本是胡說八道？那自己現在的處境豈不是十分糟糕？

鄧山越想越煩惱，越煩惱越說不出話來，正不知該如何是好的時候，金大突然說：「我沒騙你呀。你現在這種感覺好像被懸空吊著不上不下，讓我也很不舒服，能不能換種心情？」

這是什麼鬼話？鄧山哭笑不得，苦笑說：「我又擔心又害怕……當然是這種心情。」

「這樣吧，」金大說：「趁著該有一段時間安全，你從頭說起，我看能不能找出問題在哪，怎麼樣？」

這也是沒辦法的辦法，鄧山整理整理思緒，想了想才開口說：「得從一個月前說起，那時候我看著報紙找工作……」

兩日前，鄧山聽從金大的說法逃了出來，但是，他並不眞的十分相信康倫等人會殺害自己，所以他對自己的脫逃行爲頗有點不好意思。當時遠遠見到那浮在空中的兩人交雜著憤怒和疑惑的眼神，鄧山感到十分羞愧，不敢對視，萬一他們質問自己爲什麼要逃，還眞的不知道該怎麼回答。

金大倒沒準備讓他應付質問，他迅速地控制著鄧山的身軀，尋隙就飛竄了出去。他可以隨意地變形和伸展，變形而出的手足尖端又可以自由地尖銳變形，在叢林之間簡直如魚得水。只見他迅速的幾個閃動就穿飛老遠，將追兵遙遙甩在後面。

那兩人眼見追不上，只好登回飛艇繼續追，他們並不知道與鄧山合體後的金靈意識依然存在，見鄧山突然逃跑，還能立即順利操控合體之後的金靈，反而更是大吃一驚，一面緊急追躡，一面難免有不少猜疑和揣測。

兩方就這麼一追一逃了兩日夜，關於身軀配合金靈部分的控制，鄧山越來越習慣，所以速度能越來越快，多次將追捕的三人甩脫老遠，但不知爲何又總是很快地就被找到。終於在這個天亮前的夜裡，金大發現了鄧山身上被安置的追蹤器，兩人這最後一次的移位逃竄後，才終於可以放輕鬆些，討論幾句話。

鄧山趁這個時間，將這個月的事情從頭「想」了一遍；與鄧山心靈相通的金大，這才終於大概了解，鄧山到底是怎麼涉入這件事情當中的。

不過，剛剛鄧山是因爲劇烈動作之後的亢奮，一時睡不著覺，才有精神把這一串事情想了一次。事實上，兩天前合體那晚，他就只睡了短短五個小時，接著就是這整整兩日夜瘋狂的竄逃，雖然主要都是金大部分在施力，但鄧山身軀配合快速的動作，也一樣得花體力和精神，在這連續四十八小時以上的移動中，鄧山雖迷迷糊糊地打了不少次瞌睡，但終究沒獲得眞正的休息。而且這兩天中金大除了偶爾帶鄧山喝點水之外，幾乎都沒時間讓他進食，鄧山此時可說是又餓又累。

金大自然清楚鄧山的狀況，此時便說：「先不急著回家，你該餓了吧？」

鄧山確實很餓，聽到這句話更餓了。他四面環顧說：「這森林有什麼可吃的？」四周是一片沉沉的黑，周圍古木參天，夜風刮動著嘩啦啦枝葉亂響，地上草木藤蔓雜亂而生，連一塊平坦的地方都沒有。鄧山立足之處是在一個小山崖之下，這兒上上下下爬滿了綠色的地衣，偶爾可以聽到一些窸窣的蟲蛇竄爬聲，接著又回到一片寂然。

「怕引來敵人，不能生火。」金大說：「人類能吃的生食……嗯，我找找看。」

金大控制著鄧山的雙手延生出長刺，忽長忽短地往地下穿戳，一面往山崖邊走。突然他停了下來，在一叢草葉下掘了掘，翻出一顆裹滿泥土的塊莖類東西，一面說：「這可以生吃。」

「眞的嗎？」鄧山有幾分懷疑。

「當然是眞的！」金大得意地化出一個銳利的刃口，迅疾切削著那塊莖。很快地，土塊與薄皮被清除乾淨，露出裡面似乎是白白黃黃的部分。

這東西約莫鄧山手掌長，中腹徑四公分左右。金靈收回變形部分，讓鄧山握著這東西，才說：「吃吧。」

看起來好像眞的可以吃。鄧山拍了拍這東西，咬下一小口，嚼了嚼，頗有三分驚喜。這東西咬起來像是地瓜，甘甜的口味又有點像玉米，古怪的是吃了還不覺口乾，似乎頗富水分。鄧山此時本已飢餓，感覺這東西雖有點澀，但口味仍不錯，他越吃越快，沒多久，一整條就吃下腹中。

這東西下肚頗脹，鄧山拍拍肚子分外舒坦，此時猛烈的倦意襲來，他伸展身體躺下，閉著眼睛喃喃說：「我可眞要睡了。」累透的鄧山不等金大回話，閉上眼睛，沉沉睡去。

□

這一睡不知道睡了多久，鄧山醒來時，眼前已經大亮，上方仍是昨夜的小山崖，在這通風的山陰處，他可眞是好好地睡了一覺。

鄧山四面望去，見山崖外林木高聳，遍地藤蕨，高處一叢叢濃密的樹葉枝幹切割著烈日，讓陽光碎裂分散地穿越，一道道光束彷彿透明晶柱，在同一個角度下，粗細不等地浮立在地面綠藤蕨葉上，又好像灑下了一盤拼圖碎片般的明亮。

一片沉靜之中，一隻不知是蛾是蝶的身影，正伸展雙翅繞著光柱撲旋，與塵埃嬉鬧，這一瞬間，森林彷彿充滿著生命力的躍動，和暗影夜沉時一片死寂的感覺大不相同。鄧山已經在這大片綿延數百里的山林中奔跑了兩日夜，也不是第一次看見白日的光景，但前兩日都是在逃命中迎接日光，根本沒心情好好欣賞，此時難得舒服且空閒，加上多了金靈獨有的能量感應能力，體會大不相同。

沉默了好片刻，鄧山終於在心底說：「現在怎樣呢？你醒著嗎？」

「我不需要睡覺。」這陪了鄧山兩日多的金大說：「昨晚聽你的說法，加上你的一切，我猜測，你來自另外一個世界，在那別墅地下被紫光照過去那時，就是被傳送了。」

「啥？」鄧山沒想到剛醒來，就聽到這種誇張的解釋。

「大概是百多年前聽說的，」金大說：「南谷大鎮自治區那兒，有人找出穿越時間的方法，聽說是能回返數千年前，不過後來又發現是一場誤會，穿越的仍然是空間，而不是時間……那人只是找出了一種新的次元空間孔，可以抵達另一個世界。」

「唔……」鄧山皺起眉頭：「兩種結果差這麼多，怎會誤會呢？」

「我的最後一個共生者，他沒興趣弄懂，只聽了一些就不聽了。」金大說：「所以，我只能把他聽到的部分說給你聽，當年我又不能發問，沒辦法問清楚。」

鄧山苦笑說：「好吧，你繼續說。」

金大說：「怎麼會把空間、時間搞錯，我不知道，只知道另外一個世界很像數千年前的地球，但又不是。」

「你的意思是，這兒還是地球囉？」鄧山說。

「對呀。」金大說。

「那我來自數千年前的地球？」鄧山又問。

「該說……來自很像數千年前的『另一個』地球。」金大說。

「這才像數千年前吧？」鄧山根本不相信金大的話，笑說：「到處都是荒山野嶺，地球發展幾千年以後會變這樣？」

「你又不相信我！」金大有些不高興地說：「我不會騙人啦。」

金大這一生氣，鄧山的情緒不知怎麼，也有點不舒服的波動。鄧山摸著胸口，訝異地說：「這是什麼感覺？」

「哼，誰教你要惹我生氣。」金大說。

「好啦，對不起。」鄧山知道金大雖然年紀不小，卻不知為什麼很有點稚氣，哄著說：「告訴我，為什麼你生氣我也不舒服？」

「我們感覺是相通的，所以情緒會互相影響。」金大果然很快就氣消了，他接著說：「你也不要太痛苦或傷心之類喔，我也會受影響。」

「喔，原來是這樣。」鄧山說：「那我們現在該怎麼辦？」

「我看你就在這山林間生活吧？」金大說：「這兒有吃有喝，快快樂樂地過一輩子，然後開開心心地死掉，我就自由了。」

「什麼！我才不要這樣死掉，」鄧山說：「我有原來的日子要過啊，我要回去。」

「不行啦！」金大說：「他們只要看到你，一定馬上殺了你。」

鄧山吃驚地說：「開什麼玩笑，難道我從此就在這山中做個野人？」

「有什麼不好？」金大說：「在這兒生活，吃喝都不缺，還自由自在，人類社會裡，每天煩惱事情一大堆不是嗎？我以前雖然意識被壓抑無法說話，卻感覺到每個人類日子都過得很麻煩和多餘，每天都在處理一些不重要的事情，還因爲那些事情不快樂和煩惱，我眞的不懂你們人類。」

「這……」鄧山嘆了一口氣，說：「你說的也沒錯，但這也是人類之所以爲人類的原因啊……你們金靈自由的時候，彼此也都沒有交流嗎？」

「沒有啊，爲什麼要交流？」金大說。

爲什麼要交流？鄧山的人生觀本來就有幾分淡淡的孤僻冷漠，反而挺能接受金大這種看法，不過鄧山這樣的人生觀只針對不熟識的人，但對自己的家人與好友卻又不同了，如果要他在這兒生活下去，從此不能再見到親人，還有柳語蘭、柳語蓉她們……

想到這兒，鄧山心中湧起一股悲傷的感覺，他抱著頭，不知道該怎麼向金大解釋。

「啊啊啊……」金大突然怪叫說：「不要這樣。」

「什麼？」鄧山莫名其妙。

「你心情不好，我也不舒服啊。」金大說：「快！開心起來。」

「你胡說什麼。」鄧山說：「什麼叫做……快開心起來？」

「好討厭啊。」金大哼了兩聲說：「用這招太奸詐了。」

「什麼啦？」鄧山聽不懂。

「好啦好啦，想辦法讓你回去就是了。」金大頓了頓說：「我們去打贏那些神使，逼他們送你回去。」

「他們會飛耶，我們打得贏嗎？」鄧山又驚又喜，訝異地說。

「只靠我不行。」金大停了停說：「金靈對外在能量的運作結構上，吸納、轉換、散出是強項，儲存累積的量卻很少，長途用蠻力逃跑還好，和『神能』正面抗衡卻會吃虧。」

鄧山又聽不懂了，不過經過這兩天，鄧山也知道自己不懂的部分實在太多，問也問不完，他此時也不急著弄懂，急著問：「那該怎麼辦？」

「人體和金靈剛好顛倒，你能儲存的話，就會夠用。」金大說：「反正那幾個神使很低階，不厲害，稍微累積一個程度，我做最有效的運用的話……」

「嗯？怎樣？」鄧山忙問。

「我在想該怎麼讓你存啦。」金大說：「以前我都是看著人修練，看過了很多種，但沒去想過哪種辦法好用。」

「反正又不是要打擂台，」鄧山說：「能讓我回去就好了，不用特別花時間研究。」

「說到打擂台……」金大突然有點興奮地說：「以前有個很好玩的比賽喔！我最後一個共生者很會玩那個……啊！啊！我現在可以控制身軀，可以自己玩！我們去玩玩看好不好？」

「呃……」鄧山說：「什麼比賽啊，我的世界有沒有得玩？」

「不知道耶。」金大說：「那比賽分兩種……算了，你那世界應該沒得玩。」

這下子換金大心情不好了，鄧山隱隱也感到一股鬱悶的心情，不過鄧山卻不像金大那麼難以忍受負面情緒，畢竟人類從小就在七情六慾中打滾，早已習慣成自然，和自由了百年一直無憂無慮的金大相比，忍受度當然大不相同。

不過，鄧山還是有點同情金大，於是說：「我們世界也有很多運動比賽，不知道和你說的一不一樣……」

「眞的嗎！」金大高興地說：「那一定要帶我去看。」

「好啊，如果我們能回去的話。」鄧山笑說。

「我想想辦法……你身體裡面毫無內氣，如果用最基本的方式，那要好幾個月才勉強夠用……」金大說。

「好幾個月？」鄧山大吃一驚，算算日期，他跳起說：「今天星期五了！我今晚補習班還有課耶。」

「今晚？」金大說：「來不及了啦。」

「糟糕啊，去哪邊打電話請假？」鄧山到處望，看樣子，這片山林間也不大可能有公共電話，自己的手機也還放在那別墅呢，看樣子非回去不可。

「有個方法也許可以試試，」金大突然說：「我們先找個安全的地方吧。」

鄧山突然心念一轉，當下說：「金大，我不是不相信你，你不要生氣喔……我怕你得到錯誤訊息、判斷出錯，我還是要驗證一下，看世界是不是眞的不一樣。」

「好，我不生氣！」金大大方地說：「你想怎麼驗證？」

鄧山說：「我們往西邊飛高點，看看這島嶼西面沿岸的狀況好不好？」鄧山是這樣想的，台灣畢竟是個小島，飛高點的話，可以大概看出沿岸的狀況；而且西方沿海從北到南，一路上都有大小城市村落，很容易就能找到回台中的方向。

「這個簡單，你放鬆不要動。」金大一面說，一面將鄧山的雙腿變得十分粗壯，接著以極高的速度往西方奔行。

奔出大概十來秒，金大突然間控制著兩腳猛力往地面一蹬。鄧山高高一彈間，高躍飛射，斜斜穿破空際，金靈部分就在這瞬間由腿挪移到背，變形突出，轉化成兩大片鷹翼般的巨大飛翅，鼓風振翅、高衝而起。

「好帥啊！」鄧山訝異地說：「不是三角板了。」

「一開始要鼓風上升啊。」金大幫鄧山戴上了方便呼吸的「面罩」，一面說：「找到上升氣流之後，可以很快地飄到高空，然後就像那天逃跑一樣，藉著下降加速轉折平飄，一直重複，速度就會變快。」

「眞不錯。」鄧山感覺這樣飛行速度眞的挺快的，以後要到台灣哪兒去玩的話，只要飛過去就好了？就算不飛，那粗壯的腿跑起來也是超快，自己一點都不累……

「你打什麼主意？」金大說：「你不累，我很累耶！我是爲了逃命才這樣跑的，誰教你什麼都不會！」

「是喔。」鄧山有點不好意思地說：「我不知道。」

「這樣變形施力需要大量能量，我又不能儲存，只好快速地吸收、然後一面用掉浪費掉，很累。」金大說：「金靈和人合體，本來就不是變來變去做這些事的。」

「那是做什麼的呢？」鄧山問。

「吸納、轉換、散出能量呀。」金大說：「我不是說過了？」

「可是我聽不懂呀。」鄧笑說。

「哎呀，不管你了。」金大突然說：「好像太高了？你有點呼吸不暢。」

「嗯。」鄧山確實有點覺得氧氣不大夠，耳膜也有點氣壓鼓脹的感覺，也許是上升的速度太快了。鄧山深呼吸幾口說：「我還受得了，我看看……」

鄧山往西面看去，此時已經可以看到西邊的大海，從高空看下去，看不出高低起伏的波浪，只能從岸旁忽隱忽現的一道道白色浪花，看出海水正不斷地拍打著岸邊。

鄧山南北望去，除了森林還是森林，其他什麼都沒有，鄧山心中有點發寒，難道這兒眞的是另一個世界？

「現在呢？」金大問。

「我們前幾天是往南逃？」鄧山說：「那現在往北看看吧。」

「好。」金大微微改變重心，滑翔轉北。

又飛出了一段路，眼前出現兩個相距有一段距離的寬闊河流出海口，鄧山沒什麼飛行的經驗，望了望說：「那兩個河口相距多遠啊？」

「唔？」金大沒眼睛，他從鄧山眼睛所見的形象，判斷說：「十五公里左右吧。」

「那該是……虎尾溪和濁水溪？」鄧山呆了呆說：「好像沒這麼遠。」

「我不知道啊，」金大說：「這島幾千年沒人住了，我不知道這些河流的名稱，河道也可能改變。」

「爲什麼會幾千年都沒人住？」鄧山問。

「我不知道。」金大說：「還要繼續飛嗎？」

「嗯……再飛一下。」鄧山說：「我想看看台中附近的大肚溪出海口。」

又過了一段時間，終於在遠遠的北端又看到另外一個出海口，是不是大肚溪呢？老實說，鄧山也不清楚，但是這一段路飛了幾十公里遠，下方無窮無盡的森林已經做了最清楚的說明，台灣沿海哪會有這麼大片的森林？鄧山嘆口氣說：「這兒確實不像台灣。」

「那我們就開始做點準備吧。」金大折向往東，往一處山巔飛射過去。

□

過了半日，到了中午時分，金大帶著鄧山，重新回到數日前兩人相遇合體的地方。

「就這附近，記得嗎？」金大說：「我在這下面的地洞遇見你的。」

「可是，我也不知道這兒離別墅多遠。」鄧山說。

「四面看看吧。」金大領著鄧山攀上一個山峰高處，四面眺望，只見一片蒼翠，悄無人跡。

「挺奇怪的，這附近怎麼都沒看到什麼走獸飛禽。」鄧山一面看，一面自語說。

「那個飛艇會發出人聽不到的奇怪噪音，把大部分動物都趕走了。」金大說。

「喔，難怪。」鄧山說：「那現在該怎麼辦？」

「就像剛剛練習的一樣，」金大說：「你把丹田內氣運到我這兒散開，但是不收不放，不要散出我的體外，性質上，保持『彈』的感覺。」

鄧山心神往小腹集中，那兒馬上湧起一股躍躍然動的熱流。這是不久前，金大不知怎麼塞入鄧山體內的，而金大也沒告訴鄧山其他的使用法，只練習了將這股能量運回金靈部分，並以心神聯繫住，不使發散，然後依照金大的說法，想像內氣的性質，比如他現在說的保持彈性，就是想像著內氣像個大氣球一般，充滿在金靈的軀體內。

除了「彈」之外，金大只另外教了「發」、「堅」和「銳」，一共四種不同的存想方式。

「這部分我幫不上忙，只能靠你自己。」金大說：「我可以控制你體外的金靈部分，但是你身體內氣運出，還有運出之後的內氣性質，只有你能操控。」

「我也可以控制金靈部分不是嗎？只是我還不大會用，你怎麼不能控制我身體呢？」鄧山一面運氣，一面說。

「心神保持專注。」金大提醒鄧山說：「你還不習慣，所以很容易把內氣散掉……至於你和我控制能力不同，是因爲和你結合的是金二不是我……等等……」

「東邊？」鄧山同時感受到，東方那兒，有一股淡淡的能量反應。

「就是這樣，」金大說：「你將內氣保持在我身軀中，會提升我的感應能力，這是我沒法自己做到的。」

「原來這樣！」鄧山說：「太好了。」

「但是你還不習慣，要記得維持平常心，然後身體放鬆。」金大說：「我們追過去。」

「好。」鄧山話聲未落，金大控制著的雙足已然一彈，快速往東方飛射而去。

「我發現，你現在沒有變成那種誇張的粗腿了。」鄧山無事可做，想到了問題就問。

「那時你沒內氣，我只能變化成那模樣，用模擬的筋肉，屈縮之間產生彈力移動，但是那樣很浪費能量。」金大一面說，一面迅速控制著鄧山縱躍：「現在有了內氣，我只要善加使用，就可以發揮更大的力道，不用變成那麼難看的樣子，內氣能量和筋肉力量是完全不同的兩種東西，雖然可以加成，但相較之下，那股蠻力已經沒什麼必要了……而且你用心體會看看，這樣的方式其實更容易控制。」

確實如此，現在金靈只是運使著內氣輕鬆散布在雙足，每當接觸地面的時候，控制著內氣在那一瞬間凝聚在接觸的點上，此時會產生一股強大的外迸彈力，驅動著自己的身軀更快速往前飛射。

當然，在這樣的過程中，內氣會緩緩散失，不過金靈同時也不斷地吸納入能量，送到自己的丹田中，只要自己不斷將丹田內氣往外補充，就能維持金靈的能量。

因爲自己不大明白該怎麼控制，所以，現在金靈部分全都交由金大控制，鄧山自己只放鬆手腳身軀任他拉扯；不過據金大說，要是自己會控制，會更順暢，因爲金大只能控制金靈部分，自己卻可以控制連自己身軀在內的全體。

也許需要練習吧……鄧山想到這兒，又有點失笑，回去正常的人類社會之後，根本不需要具備這種能力，還練習什麼？難道自己能在人前展露這種能力嗎？事情要是鬧大了，又要如何解釋？只要能回去，還是把這兒的事情都忘掉算了。

「找到了。」金大突然閃到一株大樹旁停下。

鄧山回過神來，果然發現飛艇正懸浮在遠處上空，下方懸垂著繩索，正有個人影往上攀爬，似乎在接人。

「看不出來那是誰。」鄧山自語說。

「不要再用嘴說了，用心說。」金靈說：「這邊距離已經太近了。」

「喔，是。」鄧山連忙閉嘴。

「要飛了，我們跟著吧。」眼看飛艇換了一個方向，金大帶著鄧山，遠遠追躡著飛艇的行跡。

飛艇又換了三個地方，都只有接人，沒有放人，看樣子，這次的任務應該結束了，飛艇正把所有人接回去。當第三個人接上之後，飛艇一轉方向，向著東南方飛行，而且速度越來越快，金大雖然使足了力氣尾隨，飛艇還是越來越遠，還好飛艇飛得挺高，沒完全被甩掉。

「不會追不上吧？」鄧山很擔心。

「該讓你多存點內氣的，可是時間不夠用。」金大叨念著：「都是你問題太多。」

鄧山也只好苦笑，一直以來，他也從沒當過一個「問題太多」的人，但過去如果有問題的話，自己不問，也會有別人問，不是太嚴重的事情，不知道也無所謂，但除了自己以外，誰能問金大問題？而這些事情又牽涉到自己能不能回家，不問不行，結果如今變成「問題太多」的人了。

不過和金大相處的感覺，與和其他人相處的感覺大不相同，自己和不熟的人相處，都會保持一段距離，很難成爲交心的好友，和金大卻是一點都沒這種感覺，這是怎麼回事……？

「這是當然的，」金大突然在鄧山心裡說：「你想什麼我都知道，怎麼和我保持距離？」

說的也是，鄧山終於知道原因，只好苦笑。

「減速了，」金大突然說：「你看。」

果然那飛艇不只是減速，還正緩緩下落，不過，這兒距離飛艇降落的地方還有兩個山頭遠，很快就看不到飛艇了。

「快！」鄧山心中催促。

「我知道。」金大在山林間飛竄，此時他連雙手都用上了，有時就在空中抓放著某根樹枝，飛盪出老遠。

「啊，就是那個花園。」鄧山終於遠遠看到花園和別墅，高興地說。

「工夫用得挺深的呢，這邊居然也做了個一樣的花園。」金大腳步不停，向著那兒闖去，一面說：「飛艇應該已經降落了，想隨著飛艇闖入已經不可能，打進去吧？」

「什麼打進去？」鄧山吃了一驚。

「你只要一出現，他們一定會想來抓你、殺你。」金大說：「我們就把他們制服了，逼他們送你回家。」

「他們有三個人耶？還有那會炸出熱氣的武器。」鄧山說。

「不用怕，你有內氣了。」金大說。

「不是只有一點點而已嗎？」鄧山十分意外。

「是只有一點點啊，但是經過我運用就不同了。」金大得意地說：「別擔心了，我上了。」

金大也不管鄧山的意願，從藏身的樹端一跳，落入花園之中，大剌剌地站著。很意外地，對方並沒有馬上衝出來，也許看到自己出現也嚇一跳吧？鄧山忐忑地想。

「別怕啦。」金大抱怨說：「你太膽小了，害我也不舒服，打架其實很好玩的。」

打架好玩？鄧山初中以後就沒和人打過架，要他不害怕可十分困難。不過等來等去，卻一直沒有人出現，鄧山靈機一動說：「啊，他們可能送大家回去了？」

「這也有可能，那我們進去看看。」被金大控制著的鄧山往別墅口走，到了門口一轉門把，卻是順手而開，這門戶居然沒鎖。

鄧山走到了那僕人房的門口，握著門把一轉，卻是鎖住的。

「打破吧？」金大舉起手。

「等等。」鄧山說：「如果可以不破壞溜回去，就不會有人來找我麻煩了。」

「喔。」金大停下手說：「我不會開鎖，這鎖我也沒看過。」

「如果都和我們那邊一樣的話，這該是普通的喇叭鎖。」鄧山心中想著喇叭鎖的模樣，一面說：「只要從那個門框那兒的卡榫處按下……」

「哦？」金大說：「我試試。」鄧山右手指端倏然延伸出一片薄片，順著門縫鑽了進去。喀地一聲，門果然被金大打開，金大高興地說：「哈哈哈，好簡單。」推開門，鄧山卻發現，地板已經降下十幾公尺，底下並沒有其他人在。

鄧山縱落地面，推開那金屬門，就在這一剎那，突然眼前一花，迎面似乎有什麼東西撲來。鄧山還沒看清，腦海中傳來金大迅速的聲音：「銳！」

銳？鄧山心思一轉，想像著內氣像刀一樣的鋒銳，同時感覺到自己的雙臂正被金大控制著快速移動，眼前一片亂，似乎有什麼東西正在亂飛。

「腿彈、掌銳。」金大又下了指示。

這樣可有點複雜，鄧山一面揣想，一面發現，地上散亂的是大片大片的繩網，莫非剛剛迎頭衝來的就是這東西？

忽然砰地一下大響，鄧山落地時把地面撞凹了一塊，身子也頓了下來。

金大馬上開罵了：「腿不是銳，要彈勁啦！」跟著金大突然帶著鄧山一個急翻滾，剛剛著地的地方，轟地一下白光突閃，炸開了一股熱浪。

「好……好啦。」鄧山連忙想像著兩腿綁氣球，雙手持大刀的怪模樣，終於達到金大的要求。

「還想躲。」金大罵了一聲，閃過停在空間中央的飛艇，彈飛追入一個通道口，身子倏然一閃，又閃過了一束能量，跟著右手一揮，虎口張開，砰的一下停在牆前。

鄧山根本就只是隨著金大的控制而甩動身軀，他連看都沒能看清楚，就發現自己突然靜止了，而右手居然正扣著一個頭髮斑白、瘦小老者的喉嚨，將對方架在牆上。那老者以十分驚駭的神色望著自己，被自己虎口扣著的頸部似乎有點皮開肉綻，正在自己手掌下滲出鮮血，一旁地上，滾著一根短杖，也不知道是不是他的武器。

「饒……饒命。」那老者膽戰心驚地說。

「就是這傢伙偷襲我們！」金大嚷嚷說。

再用點力，恐怕會把這老人的脖子捏斷了，鄧山連忙把手中的銳氣降低，一面在心裡說：「金大，你會不會太狠啊？」

「他們要殺你耶。」金大理直氣壯地說：「若不是要叫他送你回去，我剛剛就直接殺了他了。」

「呃……什麼直接殺了他？不可以隨便殺人。」鄧山說：「你以前的共生體都這樣嗎？」

「唔。」金大停了停說：「他們有時殺人有時不殺人，可是我不清楚原因耶，好像是看心情？」

「總之殺人不好。」鄧山說：「還好你停手，否則我說不定會很難過，然後你就不舒服了。」

「嗄？這可不妙。」金大訝然說：「那不要殺好了。」

老者見鄧山抓到自己之後，一直沒吭聲，甚至也不怎麼望著自己，只是神色卻不斷地變化，他越想越怕，慌張地說：「不……不關我的事。」

「問他、問他，」金大說：「問他們是不是想殺了你，不然你都不相信我。」

這倒是該問問，不過可以先問別的，鄧山咳了咳說：「你好，抱歉，我有問題想請教。」

老者沒想到鄧山這麼客氣，他更害怕地說：「不……不敢，你……請問。」

「其他人呢？」鄧山問。

老者頓了頓說：「他們送……呃……他們不在……」

「他不老實！他在騙人！」金大大嚷大叫。

客氣問好像不行。鄧山沉下臉來，凶狠地瞪著老者說：「你真的想死嗎？小心我殺了你！」同時手微微一緊。

鄧山這副表情可是在補習班磨練出來的，當學生胡鬧的時候，就算沒生氣也要能顯露出生氣的模樣，要是不能裝出這種臉色，那些精力旺盛的小鬼會看出老師其實沒生氣，往往會打蛇隨棍上地胡纏，反而更難收拾。

老者嚇得一抖，忙說：「我說我說，他們送那些人回去了。」

「你更會騙人！騙得好！」金大彷彿看戲般，擊節讚賞。

「安靜點。」鄧山沒好氣地念了金大一句，這才開口對老者繼續問：「這次成功抓到多少金靈？」

老者一怔說：「你……問這做什麼？」

「你管我！還不快說？」鄧山怒叱。

「兩……兩個。」老者遲疑地說：「本來連你在內的話是三個。」

那代表他們殺了兩個人嗎？鄧山還沒開口，老者已經急著說：「你是什麼人？怎麼會知道怎麼控制金靈？你眞是那世界的人嗎？」

如果那三人眞的是送眾人回台中，一來一往，少說也要三個小時，倒是可以慢慢盤問。鄧山當即說：「你們整個組織都是在幹什麼的，你給我都說清楚。」

「我們沒有對不起你啊，你爲什麼要這樣？」老者哀聲說：「上面規定我們不能對任何人透露的，你不要害我。」

說起來，除了金大說他們會殺自己以外，他們倒是眞的還沒虧待自己，拿人家還沒犯的罪來懲罰，好像說不大過去。鄧山心念一轉，又想到他們獲得了兩個金靈，如果金大說的沒錯的話，他們至少是殺了兩人，那就眞的罪無可逭了。

想到此處，鄧山心又狠了下來，惡狠狠地說：「那你告訴我，你們如何讓人和金靈分開？」

「呃……」老者一愣，說不出話來。

「沒話可說了吧？」鄧山哼了一聲說：「你以爲我不知道，只有死亡才能讓金靈和人分開嗎？」

「你……你怎麼知道金靈的特性？」老者訝然說：「你果然不是那個世界的人……你到底是什麼人？」

「你承認了吧？」鄧山火上心頭，怒聲說：「你們這次居然殺了兩個人，我……」

自己該怎麼辦，一掌捏死他嗎？這好像不是自己該做的事情……

鄧山正遲疑間，老者已經大叫說：「我們沒殺人啊！你誤會了。」

「什麼？」鄧山一愣。

「我們沒殺人。」老者囁嚅地說：「可是，這是我們的機密……」

「去你的機密！」鄧山一把捏緊他的喉嚨說：「你就帶這個機密去死好了。」

「我……我說。」老者苦著臉說：「我們用特殊藥物讓與金靈結合的人服用，使他進入短暫的假死狀態……金靈以為共生的人死了，就會恢復成卵型，與共生體分開，然後我們才用器具將金靈取起，十天之內，金靈可以高價賣給客戶。」

「他說的好像眞的，可以這樣嗎？」鄧山在腦海中問金大。

「他胡說。」金大哼哼說：「金靈和共生體氣息相連，只要還有一絲絲生命，那股相連的氣息就不會斷絕，怎麼可能有辦法騙過金靈？」

鄧山當即沉著臉說：「你還想騙我，金靈和共生體氣息相連，怎麼可能騙得過金靈？」

「是這樣沒錯啊。」老者冤枉地叫：「所以我們才特別去你們的世界，招募全無內氣的人來找金靈呀！你不也是這樣被選上的嗎？既然身無內氣，當然不會氣息相連，就能騙過金靈啊！」

啊？難道……難道真的是誤會了？

異世遊

上課中，追殺請等等

聽到這樣的說法，鄧山和金大都呆了，過了好久，金大才遲疑地說：「這種說法好像有……一點點……一點點道理。」

「就是說……你搞錯了？」鄧山說。

「我……」

「你……居然……搞錯了？」

「呃……」金大哇哇叫說：「我又不知道，不要怪我啦，討厭，你生氣了，嗚嗚嗚……」

「不要假哭。」鄧山反而又覺得有點好笑，這兩天眞是白折騰一場……不過金大對自己眞的很好，也不好太怪罪他。

金大馬上恢復開朗，哈哈笑說：「對啊，我對你這麼好，怎麼可以生我氣，想想我讓你飛的時候，你多高興？」

簡直就像補習班那些胡鬧的小鬼一樣，問題是自己還沒法假裝生氣。鄧山無奈之下，只好不管金大，回過頭對老者說：「所以說，你們是靠賣金靈賺錢？」

「唉，我也幾乎都跟你說了，反正我也完蛋了。」老者嘆氣說：「金靈賣去西方王邦，每一隻叫價近千萬谷幣，這可是很大的利潤啊……」

金大感應到了鄧山的疑惑，自動解釋：「谷幣就是南谷自治區的錢。」

「喔？那千萬谷幣很多嗎？」鄧山在心中問。

「我也不知道多不多。」金大說：「前一共生者那個時代，千萬谷幣大概是百萬金幣……金幣就是王邦的幣值，一金幣可以在旅店住一天，還包三餐，這樣算不算多？」

「這樣好像是很多……」鄧山一時也算不清楚，回頭繼續對老者說：「爲什麼跟我說就完蛋了？聽你這樣說來，也不算怎麼傷天害理，爲什麼要這麼神秘？」

「你眞的是那世界的人？」老者懷疑地說：「你不知道開啓異世空間孔，還有走私金靈去西方王邦販售，都是犯法的嗎？」

「犯法的你們還做……」鄧山嘆口氣說：「反正不關我的事情，因爲我眞的是那個世界的人，所以我不會去告你們，你只要送我回去，我當做沒發生這件事就算了。」

「你既然眞是那世界的人，怎會知道這麼多金靈的事情？又知道怎麼用金靈？」老者狐疑地說：「而且你剛剛的動作快得嚇人……」

看來這個問題不給他個理由，他永遠不安心。鄧山隨便編了個謊說：「因爲……我和金靈合體的那一剎那突然得到了一堆知識，所以我才逃跑，因爲我以爲你們會殺了我，藉以取得金靈。」

「得到知識？」老者睜大眼睛說：「居然有這種事情？從來沒聽過……你也是因此才知道

怎麼使用金靈的？」

這個謊不是很容易說，鄧山支吾地說：「那知識裡面有一點點相關的。」

「但是你完全沒有時間練習，就可以順利地控制金靈身軀脫逃呢。」老者上下看著鄧山說：「你眞是天才。」

「天才其實是我啦！是我啦！」金大在鄧山心裡面嚷著。

「好啦，天才安靜啦！」鄧山也在心裡罵。

「但是你的事情，他們已經往上呈報上去了，我私下送你回去也不行。」老者說：「如果你服藥，讓金靈和你分離，我想上級該不會追究……」

「不行。」鄧山忙說：「我藉著那個知識，已經引了一小部分能量入體，現在已經有內氣了。」

「啊……這該如何是好……」老者說：「你也算是我們的員工，卻侵占金靈，這好像……算是違反契約吧……」

這話說的倒是有點道理，鄧山有點不好意思，鬆開老者的喉嚨說：「這要怪你們太過保密，才產生這些誤會，現在要金靈等於要我命，我雖然沒這意思，也只好侵佔了。」

老者摸摸喉嚨，心有餘悸地說：「你眞的好厲害，雖然我是低階神使，但你也才合體兩天，就能以這種速度移動，我一點反抗的餘力都沒有，實在太天才了。」

「別這麼說。」鄧山不想再聽金大在自己腦海中狂叫「我才是天才」，連忙岔開話題說：「我是運氣好，老先生，你眞的不能放我回去嗎？我們又沒什麼仇恨，何苦呢？」

「反正我是技術人員，本來就不擅長戰鬥。」老者看看鄧山，嘆了一口氣，一面思索，一面說：「金靈價値太高，上面的人知道以後，說不定會眞的想殺了你，要是這樣就太過分了……不過，我們這組織大多是神使，應該不會去你們的世界找你……你回去以後應該會安全點……」

「您願意送我回去？」鄧山欣喜地問，更客氣了。

「啓動傳送空間交換，儀器每次都會自動記錄的……不能這樣做……」老者想了想，突然一拍手說：「有辦法了。」

「怎麼？」鄧山忙問。

「我等等假裝被你打昏，然後你去那房間等……當他們回來的時候，剛好兩邊交換，你就能回到自己世界。」老者說：「拜託你……萬一有天你眞的被抓回來，不要把我剛說的話招出來。」

「放心吧。」鄧山說：「反正我不會回來這邊告狀，破壞你們的生意，他們不會知道你曾告訴我的那些事情。」

「正是、正是。」老者似乎聽到這話，心裡感到比較安慰。

「他們還有多久會回來？」鄧山說。

「一個小時左右吧。」老者回答。

「嗯，我去換回我的衣服。」鄧山離開老者，走入更衣室，換下那身緊身衣，穿回自己原來的衣服。

「你不怕他騙你嗎？」換衣服的時候，金大突然說。

鄧山一怔說：「會嗎？怎麼說？」

「比如他趁這時候找敵人來，一面躲起來。」金大說。

「唔……」鄧山過去畢竟生活單純，沒想到這麼多，聽金大這麼一說，還眞有點擔心，連忙把衣服換上走出門外，左右張望，還眞的沒看到老者。鄧山心中一寒，正要搜尋，卻聽見左方走道傳來砰咚一聲，似乎是什麼物品碰撞聲。

鄧山順著聲音走去，卻見其中有一扇門戶開啓著，老者正在其中一個房間，一個個抽屜翻找著東西。

老者突然望見門口呆站著的鄧山，他指指受傷的脖子尷尬地說：「我在找繃帶……」

鄧山莞爾說：「老伯，你不是要裝作被我打昏，怎麼可以用繃帶？」

「啊……」老者一怔，拍了拍腦袋苦笑說：「我都忘了。」

「看來這人比你還糊塗。」金大忍不住說。

「老伯怎麼稱呼？」鄧山不理會金大。

「我叫張允。」老者一面往外走，一面說：「我剛有想到幾件事情要跟你說。」

「喔，老伯請說。」鄧山說。

張允走到停放飛艇那個房間，思忖了一下，這才說：「他們一定傳了消息去那邊的公司，說你在這兒失蹤了，如果他們沒發現你逃回去，就可能會花錢派人……把知道你出差的人處理掉，免得公司被人注意。」

「什麼處理掉？」鄧山一驚。

「我不知道，我只是猜的。」張允唉聲嘆氣說：「公司很不希望在那世界引人注意，只是不知道會不會這麼壞心就是了。」

知道自己出差的，除了補習班班主任之外，只有柳語蓉了，因爲平常星期三都是自己送他回家，這次請假曾特別告知她一聲……鄧山突然念頭一轉問：「他們怎麼知道我告訴過誰？」

「從你去公司應徵開始，就被裝了竊聽器。」張允苦笑說：「會被錄用的人，就是因爲話少、交際少、生活圈小，一方面不大會把公司的事情對外亂說，另一方面，萬一有意外，方便掌控。」

「竊聽器？」鄧山吃了一驚。

「你不知道？」張允說：「你逃了兩天之後，不是找出來破壞掉了嗎？」

鄧山想起金大找出的東西，他啞然說：「我以爲那是追蹤器……」

「功能俱全啊。」張允說：「那東西吸附在你髮根上，你能發現也不簡單。」

自己失蹤的話，班主任應該不會管，只會當自己沒辭職就跑了……這麼說他們會去對付柳語蓉？這還得了！這還得了！

「冷靜！冷靜！」金大慌張地叫：「你也替我的心情想想，不要激動。」

「萬一他們去找語蓉怎麼辦！」鄧山在心裡面說：「我絕不能連累她。」

「那是誰？你的女人嗎？」金大說：「你的女人該和你住在一起吧？我們保護她就好啦。」

「不是……」鄧山憤憤說：「但還是不能讓她出意外。」

看鄧山臉色大變，張允連忙說：「但是，如果他們知道你回去了，就該會直接找你。」

「啊！」鄧山一拍手，鬆了一口氣說：「那得讓他們知道我回去了。」

「你眞的要這樣？」張允說：「如果他們不知道你回去了，也許還在這邊苦找，萬一知道你回去了，不知道會怎麼對付你。」

「我絕不能牽連到我朋友。」鄧山嘆口氣說。

「嗯，那就讓傳送區的監視器持續運作了。」張允說：「本想建議你破壞掉的。」

鄧山眞的十分感激對方，連忙說：「張老伯，眞的謝謝你。」

張允笑呵呵地說：「不會啦，你看起來和我孫子差不多大，又很無辜，幫幫你是應該的。」

孫子？看來這位張老伯，實際年紀比看起來還老。

「張老伯，你爲什麼在這種犯法的機構工作呢？」鄧山說：「萬一出事，不就被牽連到了？」

「因爲只有這個組織願意支持我繼續研究這個異次元空間孔啊。」張允苦著臉說：「當初發現以後，『三邊科研委員會』認爲這樣會破壞兩個空間歷史和質能的完整性，所以下令不准繼續這類的研究……」

「這是您發現的？」鄧山訝異地心想，金大不是說百多年前發現的嗎？

「對呀。」張允嘆口氣說：「但是一百多年了，我除了把傳送技術穩定與簡便化之外，幾乎沒有什麼新的突破……我們也是很小心了，每年只釋出大約你們全世界千分之一產量的鑽石，然後把錢換成各種基金、股票之類的，用紅利維持運作，應該對你們影響很小吧……」

「什麼……什麼全球千分之一產量？哪來這麼多鑽石？」鄧山吃了一驚。

「人造鑽石啊。」張允微笑說：「我製造的鑽石，你們看不出來是人造的，畢竟差了幾千年的技術啊。」

「不知道值多少錢。」鄧山啞然。

「我也不知道。」張允聳聳肩說：「那些錢主要就是用來雇人訓練找金靈，因爲你們那邊的錢，我們這兒沒用。」

「如果買一些你們這邊欠缺的材料，送來換錢呢？」鄧山說。

「一方面，這樣就眞的大大影響兩個世界的原始質能了，不知道會有什麼後果；二來，因爲質能轉換的技術已經成熟了，我們這世界還眞沒缺什麼材料。」張允搖頭說：「製造鑽石的原料都是用你們的材料製造，頂多是使某部分經濟結構產生變化，影響層面比較小。」

「難怪公司這麼有錢。」鄧山笑說：「你們組織其他人怎麼不考慮去那兒當富翁呢？」

「那兒沒有神能呀，」張允說：「神使去了不只很多事情不能做，身體會變差，壽命也會減短。以我來說，過去那兒生活的話，恐怕活不了多久。」

「眞的？」鄧山訝異地說：「我不知道什麼是神能。」

「反正你的世界沒有，也不需要知道了。」張允呵呵一笑說：「我送你一個小東西好了，也許會有用。」

「什麼？」鄧山一怔。

張允托著下巴思索說：「我放哪邊去了？……嗯，好像這邊。」說著他突然飄高，到某個高櫃頂端。

這些人眞的會飛。鄧山近距離親眼目睹，還是十分震撼。

張允翻了片刻，這才飄回來說：「果然在這兒……拿去吧，反正沒用。」一面遞了一個造型古怪、約手掌兩倍寬的怪東西，下端還有兩條像電線般的東西晃來晃去。

「這是什麼？」鄧山訝然接過。

「小型的鑽石製造器。」張允說：「這是試做品，產量不如我後來替公司做的，大概只有二十分之一的產量，你從這一端放碳條，然後通電，這電是……我想想，你們用的單位是……八百……八百四十三伏特，你自己要找人做個變壓器接上，要直流喔，然後它會慢慢亂數生產零點二公克到兩公克大小不等的……啊，這邊還要放觸媒，你們那邊這東西叫……」

「等……等等。」鄧山見張允一說就沒完，只好打斷說：「張老伯，給我這個做什麼？」

「你剛剛不是很羨慕嗎？」張允說：「難道你嫌二十分之一不夠多嗎？一年也有半公斤多喔。」

第一次聽到有人鑽石用公斤當計量單位，一公斤可是五千克拉呀……鄧山連忙搖手說：「老伯，你給我這個，萬一我被公司抓到，會連累到你……」

「啊！」張允一呆，連忙收回說：「我又忘了。」鄧山只好苦笑，卻不知道自己這一好心，每年損失了多少收入？

「看來我是幫不上什麼忙了。」張允收好了那鑽石製造機，嘆氣說。

「您已經幫我很多了。」兩人又聊了一陣子，急著回去的鄧山看看時間起身說：「我是不是該進去等了？」

「差不多了，那我該裝昏迷。」張允有點苦惱地說：「有點怕被發現是假裝的……」

「我來我來！」金大可是悶了很久，當下忍不住嚷嚷說：「我把他敲昏，敲得剛剛好，讓他不會太痛。」

鄧山只好忍笑說：「老伯，如果您放心的話，我可以把你打昏。」

「不會太痛吧？」張允害怕地說。

「應該不會吧。」鄧山只好胡亂地說：「我……我得到的知識裡面……有把人打昏的方法。」

「說到這一點，這可眞是稀奇。」張允睜大眼睛，好奇地說：「這件事情該是特例中的特例，可能那金靈找出存留一部分知識給你的方式，這眞是太神奇了，你知道嗎？要是可以和金靈溝通，那可眞是無價啊，金靈知道的東西太多了，尤其長時間和人合體過的金靈……這麼長久以來，一直沒人找出怎麼和金靈溝通，你這金靈眞該拿來研究一下。」

「對呀，對呀。」金大得意萬分地說：「我是無價的！我是神奇的！可是不給你研究！不要作夢了！」

鄧山止住在腦海中聒噪的金大，對張允說：「老伯，如果你願意的話，我們到剛剛通道對峙的地方將您打昏比較恰當。」

「嗯，好吧，就拜託你了。」張允回到剛剛被拷問的地方，閉上眼睛說：「動手吧。」

「讓他昏多久？」金大摩拳擦掌地問。

「嗯……兩個小時左右吧。」鄧山在心裡交代，金大毫不客氣，控制著鄧山手掌，砰地一下往張允後腦杓敲了過去。

張允應聲軟倒，當下鄧山扶著張允躺下，這才走回傳送的門戶，等待著傳送的時間到來。

等待的時間總是漫長的，鄧山看著自己手錶上的時間，已經下午五點多了，回去自己的世界時，可能天色就快黑了。

這兒應該也快天黑了吧？雖然說兩個世界的時間未必相同，不過白日黑夜似乎還挺接近的，剛剛和張允老伯聊天的時候，倒是忘了請教他這所謂異界空間孔的事情，這些事情要是告訴那愛做研究的柳語蘭，可能會十分興奮吧，說不定還逼自己帶她來這世界看看呢？

鄧山帶著笑容又想，不過這兒的事情可不能告訴她……上次聽她的意思，該快要申請出國了？不知道會先出去適應環境，還是等申請到學校才出去……如果她出國了，見面的機會就少了，語蓉也會比較寂寞吧……

想到柳語蓉，鄧山的微笑轉爲莞爾，語蓉這小丫頭老是想拿自己當擋箭牌……不過說老實話，單以外貌來說，語蓉比當年的語蘭還要耀眼醒目多了，不修邊幅的語蘭就已經引來不少男子追逐，老是打扮得漂漂亮亮的語蓉，恐怕這方面的煩惱更多吧？也許不該這麼狠心，有時候多少也得幫幫她……而且，如果她眞的交了個男友，自己也會有點難過吧？

這還是鄧山第一次想到這一點，倏然間鄧山回憶起當年，柳語蘭首次約會後，回來那喜孜孜的模樣……鄧山搖了搖頭，都是這麼久遠的事情了，怎麼心頭還是隱隱的一股鬱悶……

唔，金大怎麼安靜這麼久？鄧山突然想起金大，有些意外地在心中呼喚。

「嗯？」金大有了回音：「你在想女人，我不懂你們人類的男女關係，所以不說話……什麼？我平常很吵？哪有，我有興趣的我才會吵！你們人類男、女關係莫名其妙，我旁觀了幾百年都搞不懂，早就放棄了解了；而且和女人相處，你們的情緒很容易大幅波動，常常不舒服，我不喜歡！」

「你有和人類女性共生過嗎？」鄧山有點好奇。

「沒有耶。」金大說：「連你在內，五個都是男性，唔……有點道理，如果有和女性共生過，說不定就懂了。」

「我死之後，要幫你介紹一個女人共生看看嗎？」鄧山笑問。

「不要！」金大說：「共生者和金靈意識連結，等於是我們的另一個心靈，共生者面對死亡時的痛苦、毀恨、不甘、遺憾各種情緒，不但得全盤接受，還沒有辦法遺忘……何況一個接一個，每個共生者都得死，不斷這麼重複下去……我再也不要忍受了……」

「這麼說的話，每個不斷和人合體的金靈……都很痛苦囉？」鄧山同情地說。

「我只知道自己的感覺，其他金靈我不知道。」金大倒是挺客觀的，他頓了頓說：「但是我猜……應該一樣吧。」

「那人類抓金靈合體，感覺上挺自私的。」鄧山想。

「如果是新生的金靈，什麼都不懂，放在荒郊野外五百、一千年還是呆呆的，不會動也什麼都不知道，更不了解自由的幸福。」金大說：「那種就很適合和人類合體共生一次，體驗一次人生……不過一次就夠了，再多就是痛苦囉。問題是，很少有金靈能逃離那種不斷共生的命運。」

「對啦，你當初怎麼逃離的？」鄧山問。

「因爲最後一個共生者……」金大的語氣突然徐緩了下來，似乎帶著三分傷感：「他在荒郊野外被很多人圍攻……他好不容易殺出重圍，躲到一個隱蔽之處，雖然沒人找得到他，他還是終於傷重而死……過了十天，我就可以逃跑了。」

原來是這樣……鄧山對勾起金大的感傷有點歉意，正想換個話題時，突然眼前一亮，卻是那期待已久的紫光，正從上而下緩緩掃下。鄧山挺直了身軀，緊張地等候著，轉換之後，對方一定很快就會發現自己逃離，可得速速脫離險境。

終於紫光消失，鄧山不待金大交代，內氣鼓入金靈部分，以彈勁凝於腳底，微一曲腿發勁，果然立即往上彈射……但是眞奇怪……只彈飛了一公尺餘，隨即力散落下，跌落地面。

「唔？」鄧山訝異地說：「和你控制時好像不大一樣。」

「開玩笑。」金大哼哼說：「在金靈部分內的微妙路勁控制，你還差得遠呢，只是這樣亂放出去，怎能達到效果，散出可是金靈的強項，你這樣只比從自己腳底運出內氣強一點點。」

「所以我沒法自己控制囉？」鄧山說。

「你還早啦。」金大說：「放鬆放鬆，我來！腿彈、掌銳。」他帶著鄧山軀體一彈，兩次折射，彈上十幾公尺高處的門板，轟地一下打破了一個大洞，穿了出去。

鄧山仔細注意著金大的控制，果然發現和自己操作上有些不同的地方，雖然內氣都是自己鼓入他那部分之中，但金大卻控制著軀體產生特殊的氣脈通路……

「注意到了嗎？」金大一面帶著鄧山穿出別墅，一面說：「你內氣的質與量還要大幅提升，才能體會到我最細微的氣路操控，以你現在的能力，只勉強可以看出兩、三成吧，是比剛剛那樣快多了……但是，你現在還是不適合用。」

「喔？」鄧山說：「爲什麼。」

「因爲時機緊迫，我只開闢你丹田一穴。」金大說：「你目力、反應力等其他能力根本還追不上，要是隨便一跳，恐怕還沒看清楚就撞牆了……往哪走？」

此時已經衝出別墅。鄧山立在花圃中，心裡頗有點遲疑，飛回去該是最快，但是萬一被人看到呢？其次當然是用跑的……被看到的風險小一點，速度也慢一點……

「如果不趕時間的話，慢慢走也可以啊。」金大無所謂地說。

時間！幾點了？鄧山一看手錶，快六點了，快要上課了！鄧山有點遲疑地說：「用飛的會不會被發現啊？」

「把臉遮住就好了。」金大說：「哪個方向？」

只好試試了，鄧山嘆一口氣說：「先往西南吧，飛高點，比較看不出來是人。」

「好。」金大帶著鄧山身子直衝，跟著猛然一躍，啪地一聲裂帛輕響，兩扇巨翼衝出，帶著鄧山鼓風而起。「糟糕……」鄧山嘆了口氣。自己上半身穿的兩件衣服這下可都破了。

鼓翼片刻，一股山間氣旋捲來，鄧山倏忽間騰上高空。他目光瞭望，望著應該是台中市區的方位說：「那邊。」

「好。」因為不是長途飛行，金大也不費勁改變翅膀形狀，俯衝時斂翼，遇氣旋則展翅，居然只短短幾分鐘時間，就回到鄧山熟悉的城鎮上空。

「好快……看，那一幢。」鄧山找到了自己的家。

金大當即俯衝而下，在接近的時候刷然展翅減速，穩穩地停在鄧山家的大樓樓頂。

鄧山連忙沿著樓梯往下，奔回家中。眼看還有點時間，他匆匆洗了個澡，換上衣服，抱著講義奔出門外；至於洗澡的時候，他和那身可任意變形、名喚金大的皮膜如何配合才能順利洗淨，就暫且不提。

機車還停在公司那兒呢。衝出門的鄧山突然想起此事，只好跑步奔向補習班，還好當初選擇這個補習班，就是因爲離家不遠，騎車只要兩、三分鐘，跑步則大概十來分鐘，現在有內氣加持，就算不是金大控制，也可以提高不少速度。換個角度說，在這人來人往的公路上，若眞讓金大控制奔跑，才眞是驚世駭俗。

總算在上課前趕到補習班，鄧山匆匆和班主任打了個招呼便奔上三樓，今日是國三理化課，學生有升學壓力，吵鬧的狀況比較少，授課的過程比較輕鬆。

大約過了半個多小時，鄧山的手機突然震動起來。

上課時間，鄧山通常把手機音效關掉，改成震動模式，但鄧山朋友不多，熟識的大多知道他授課時間，一向以來，也幾乎沒人會在他上課時間打電話找他，所以鄧山有點吃驚。匆匆把口中正說的說完，叫學生先自習片刻，隨即走到教室後方，打開手機。

「鄧山？」那邊傳來不大熟悉的聲音。

「是。」鄧山說。

「你……你就這麼跑掉了？」聲音頓了頓，有些生氣地說：「你在哪兒？你回公司來，我們把事情談清楚。」

「你……你是？」鄧山問。

「我是蔡教練。」那一方沒好氣地說：「上面傳來消息，你帶著公司產品跑了，你搞什麼？」

原來是蔡教練，第一次從手機聽到他聲音，沒想到是他……卻不知道蔡教練他們知道多少？而且，鄧山雖然已經有對方會來找麻煩的心理準備，卻沒想到是從手機開始，這樣還算挺客氣吧？

「蔡教練，」鄧山試探地說：「你以前……也去找過金靈嗎？」

「當然。」蔡教練沉聲說：「我是第一批受訓的。」

自己該去嗎？鄧山頗有點遲疑，他們會不會翻臉對自己動手？

「去吧、去吧。」上課時一直沒吭聲的金大突然嚷了起來：「打架就交給我，而且神使來這兒沒用啦，不用怕。」

「萬一他們用武器呢？」鄧山沒把握。

「武器也不怕，」金大得意地說：「我可以閃啊。」

有這麼簡單就好了……不過，對方知道自己工作和居住的地方，逃避也不是辦法。鄧山想了想，終於對蔡教練說：「我也想把這件事情解決，這樣好了……我正在上課，等我上完課去一趟公司？」

「什麼？你去上課了？這麼快？」蔡教練似乎很意外，頓了頓說：「你等一下。」

看樣子蔡教練並不能做主，當然，如果他當年也是錄取去找金靈的，不會是那個世界的人物，康倫他們應該就是了……不知道他們是不是又來了？

「你上課到九點半，對吧？」蔡教練似乎和人商量完了。

「對。」鄧山說。

「那我們十點在公司等你。」蔡教練說完，掛了電話。

他們居然還真的願意等自己上完課？鄧山頗有點好笑，看來應該不會太難說話。

課程結束後，鄧山因爲中途花了一段時間說電話，又多上了五分鐘，這才放學生下課。走到教職員辦公室，恰好看到教國二數學的黃恩正正湊在柳語蓉身旁獻殷勤；柳語蓉臉上則掛著保持距離又還算禮貌的微笑，輕鬆自在地應對。

黃恩正還在先德大學念大四，來這兒也是打工玩票性質。他容貌端正，打扮一向頗爲體面，雖不至於油頭粉面，卻也算脣紅齒白，他對柳語蓉有興趣也不是一天兩天的事情了。

柳語蓉望見鄧山，眼睛一亮，妙目含笑轉了一轉，繼續看著黃恩正。

「鄧大哥。」黃恩正也對鄧山打了個招呼，之後又轉回頭對柳語蓉說：「妳知道嗎？我還特別找人改裝音響，前後都裝了喇叭……」

「喔……」柳語蓉微笑說：「那聽音樂一定很棒囉。」

「妳不是很喜歡聽古典音樂嗎？」黃恩正高興地說：「我買了好幾片，可以一面看夜景一面聽喔，看妳喜歡聽哪一片……」

「你想帶我去看夜景呀？」柳語蓉吃吃笑說：「不大好吧。」

「怎會不好？」黃恩正興奮地說：「妳去過大肚山嗎？那兒望下來，可以看到台中的萬家燈火，和天上的星星一樣閃動著，可以買些宵夜去，看妳喜歡什麼……」

且不管黃恩正如何吹噓，柳語蓉有些疑惑地望了望鄧山。過去鄧山大多只打個招呼，就轉身離開，然後柳語蓉才找個藉口跟出去，兩人一前一後到鄧山停車的地方會合。這模式還是鄧山千叮萬囑的，不准柳語蓉和他太親近，拿他當擋箭牌，怎麼今日鄧山似乎轉了性，停下來聽大夥兒說話？

想到這兒，柳語蓉突然發現黃恩正已經說完，雖然不知道他後半段說了啥，柳語蓉一樣輕鬆地接口說：「我家管教很嚴的，不能太晚回家。」

「妳不是一個人在外面租房子嗎？」黃恩正說：「我教妳，只要先打個電話回去問候，家裡應該就不會再打過來了。」

「你怎麼知道我一個人住？跟誰打探的？」柳語蓉白了黃恩正一眼，噘起小小的紅唇，嗔說：「想打什麼壞主意啊？」

這嬌媚神情撩得黃恩正心癢癢的，他口乾舌燥地說：「我……沒啊，我哪敢。」

柳語蓉雖然把黃恩正撩撥得暈頭轉向，事實上已沒什麼耐性應付下去了，她抽空瞟了鄧山一眼，催促他離開。

黃恩正卻是誤會了，以為鄧山在場，柳語蓉不好意思答應。他轉頭望著鄧山，有點尷尬地說：「鄧大哥，你今天比較不忙喔？留比較晚。」

「不，我等等還有事。」鄧山起身說：「語蓉，今天我們坐計程車回家，走吧。」

柳語蓉一怔，意外之下，臉上微微飛起一片薄紅，有些慌亂地站起，望望鄧山，又望望黃恩正，終於對黃恩正揮手說：「黃大哥……那我們先走了，再見。」

「再……再見……」完全沒法進入狀況的黃恩正，只能呆呆地揮手，目送兩人離開。

兩人一前一後走出補習班，繞出巷子，走到大街上，兩人都沒說話。鄧山一面等候計程車出現，一面回頭望了望柳語蓉，見她低著頭不吭聲，鄧山不禁好笑說：「不開心嗎？」

「什麼？」柳語蓉不知正想著什麼，一怔抬頭。

「我剛剛那樣子說，讓妳不舒服嗎？如果是的話，我不會再……」鄧山溫和地問。

「沒，沒啊。」柳語蓉打斷鄧山，攙著他左手，輕輕靠著鄧山說：「我很高興。」

「語蓉。也許我會……嘖，該怎麼說……」鄧山頓了頓說：「如果有天我不見了，妳要好好照顧自己。」

「山哥，你說什麼？」柳語蓉吃了一驚，抓緊鄧山的手臂說。

「沒什麼。」鄧山實在不知道該怎麼說，此時恰好一輛計程車駛過，鄧山揮了揮手招停，兩人坐入車中。鄧山對司機說了柳語蓉的居所位置後，才對柳語蓉說：「送妳回家以後，我還要先去個地方，今晚不陪妳囉。」

「喔……」柳語蓉還沒釋懷，上下看著鄧山說：「山哥，你不是剛出差回來……發生什麼事了嗎？」

確實發生了不少事情……但鄧山不想讓柳語蓉涉入更多，擠出微笑說：「沒什麼……也許我補習班會辭職。」

「山哥辭職，我也不做了。」柳語蓉嘛起嘴說。

「看妳自己決定，都好。」鄧山拍拍柳語蓉的手低聲說：「妳很乖，也很聰明，不過這世界壞人很多，一定要好好保護自己，多加小心。有男孩子追妳的話，要看清楚他的個性才能……」

「山哥，你在說什麼啦……你不要嚇我。」柳語蓉第一次聽鄧山用這種語氣說話，她越聽越怕，緊抓著鄧山的手，清麗的玉顏嚇得發白，一雙美目淚汪汪的，只差沒滴下眼淚。

「不是啦。」鄧山驚覺自己語氣不妥，忙安撫說：「我是說……我可能被公司調走，可能不能常看到妳。」

柳語蓉鬆了一口氣，破涕爲笑說：「只是調走，幹嘛說得這麼奇怪……山哥，眞的會調走嗎？調到哪邊去？」

「還不一定。」眼看到了柳語蓉賃居的公寓，鄧山對司機說：「前面巷口停車。」

車子停下，柳語蓉還不肯下車，她交代說：「山哥，你今晚忙完，打電話給我。」

「可能很晚，妳不要等我電話。」鄧山說。

「不管啦，多晚都沒關係，不然我不放心。」柳語蓉不依說：「誰教你剛剛嚇我。」

「好吧。」鄧山只好同意，一面說：「妳快回去，我在這邊看妳進門。」

「好……山哥再見。」柳語蓉望了望鄧山的臉，遲疑了一下，終於還是下了車。

「司機先生，拜託等一下喔，她進房子以後再去文中路。」鄧山說。

司機是個微胖的中年大叔，他呵呵笑說：「沒問題！小弟，你女朋友很漂亮喔，難怪這麼難捨難分……當年我和我那女人也是這麼如膠似漆，黏得分不開，每天照三餐做還外加宵夜，都不會膩。」

什麼照三餐做？鄧山想想突然會意，有些尷尬地嗯了兩聲，算是應付過去。

「不過久了還是會變的。」司機感慨地說：「現在年紀大了，跟女人那個來一樣，差不多一個月一次就了不起了，我是過來人，跟你說啊，這個俗話說得好，不要爲了一棵樹，放棄……」

「這個，司機大叔……」鄧山看柳語蓉開了燈，打開窗戶對自己揮了揮手，連忙打斷說：「我們可以走了。」

「喔？進去了喔？」司機看了看，點頭說：「你這樣做得對！現在治安不好，要這樣比較安全。」一面駛動了計程車，向著文中路行去。

還好這大叔開車的時候話倒不多，不然他說話的用詞有點太過直接，鄧山頗覺吃不消。很快地到了文中路，鄧山付了錢，進入大樓，一面將內氣往外送入金靈部分。

「嗯……感覺到了嗎？」等候電梯時，金大說。

「那是什麼？」鄧山隱隱有感覺到，上方有一些能量反應，卻不能很清楚分辨。

「該是有兩個神使來。」金大有些興奮地說：「一個不算什麼……另一個應該挺強，比前幾天看到的那幾個有意思多了，要是在那個世界遇到，一定打不過。」

「你不是說神使應該不會來？」鄄山吃了一驚。

「他不怕死我有什麼辦法……他們在這兒不但沒法補充神能，體內蘊藏的神能還會逐漸散失。」金大說：「所以多打兩下就沒力了，你不用害怕，我們在這兒有優勢。」

「這……」電梯門已經在鄄山面前開啓，鄄山雖然忐忑，終於還是走了進去。

異世遊

副董事長

電梯一面往上，金大一面大剌剌地說：「反正只要一動手，你就全身放鬆交給我就對了，我沒特別要求的話，你就手銳、體堅、足彈，我依此爲準應變。」

「你的要求越來越複雜了。」鄧山抱怨。

「其實應該一面戰鬥，一面看情況轉換的！」金大說：「我已經很客氣了，才教『彈、發、堅、銳』四種勁力，眞要分的話，還有一大堆，說都說不完呢。」

總之，也只能聽金大的，反正自己根本沒法順利控制金靈。鄧山只交代了一句：「最好別傷人。」

「那……你手也用堅吧，不要用銳，我先跟你說，一定不能傷人的話，會比較吃力喔。」金大說。

「看狀況吧，反正總不能讓人打死，儘量吧。」鄧山說。

該上幾樓呢？望著電梯的按鈕，鄧山思忖著，先去九樓看看吧……正要按下九的按鈕，卻聽到金大說：「他們在十二樓。」

「哦？」鄧山按下十二，緩緩等候著電梯上升。

叮地一聲，電梯門開啓，鄧山推開十二樓大門，走入這一個月來自己幾乎天天來此運動的室內運動場。

此時室內有兩個人正緩步而行，似乎在欣賞著室內運動場的各種設施，聽到了門戶聲響，同時轉過頭來，其中一個是康倫，另一個卻不認識，高手想必就是那人？

鄧山目光望去，那人也正緩緩轉頭，他一頭銀髮往後束起，劍眉斜飛，目如朗星，挺鼻薄唇，皮膚白淨無痕，乍看之下十分年輕，仔細一看，又感覺那五官屬於中年人，而深邃的目光又彷彿充滿了年長的智慧。如果硬要問看起來的印象，只能說他看似介於二十五到四十五歲之間，至於實際的歲數，卻是猜都無從猜起。

他的服飾形式與康倫雷同，一樣是褲裝罩上套袍，不過顏色不是黑的，而是一種深深的棗紅色，身形修長結實，有著一副男性模特兒的身材，若不是他的長相古典、裝束特殊，簡直就像時尚雜誌上走下來的人物。

那人目光望向鄧山，剛微微一笑，金大就突然說：「好像……好像不大對勁。」

「什麼？」鄧山訝然問。

「這人散發出的能量雖然只有這樣，但是見到面感覺又不一樣。」金大說：「好像很厲害。」

「打不過嗎？」鄧山問。

「嘿嘿，打了才知道。」金大一點也不會害怕。

「鄧山？」那人招了招手，向著運動場正中央的空地，和善的微笑說：「到中間來吧。」

康倫怎麼在一旁發呆？鄧山向那人走近兩步，緩緩地說：「不知道怎麼稱呼？」

「不急。」那人右手突然輕輕往前虛送，就在這推出的過程中，他掌心倏然湧現一股強大熾熱能量團，隨著手勢迸出，向鄧山飛射。

這一瞬間，鄧山與金大不用彼此照會，鄧山全身放鬆、鼓出內氣，金大則控制著鄧山身軀一點地騰出數公尺，閃過那鼓熱能，跟著連續幾個快速點地移位騰身。

飛騰的同時，金大快速地說：「手不要堅了，要銳。」

「剛不是說要堅？」鄧山一面轉換，一面急忙問。

「他很強，用堅擋不住。」金大感覺到鄧山轉換完畢，立即一轉方向朝對方直衝。

那人似乎不在乎鄧山速度多快，他右手推完微收，居然從虛空中硬生生納回那股熱流，跟著他左掌緩緩橫空掃過，隨著他的動作，空間中彷彿出現一片如巨浪般的能量，向著周圍弧形散出。

金大帶著鄧山飛騰，一面扭身側轉，一面由上而下地揮出一掌，彷彿劈開天地一般地，將那股能量巨浪裂開一個缺口，穿了進去。

「好！」那人喊了一聲，剛剛才從左揮到右的右掌又往左拉了回去，同時那股巨浪似乎也有生命一般，回頭向著鄧山追了過來。這算什麼啊？能量轟出去還能叫回去的？因爲戰鬥全部交給金大，鄧山反而可以有充足的時間觀察對方的招式，但是看清楚了反而滿肚子問號。

「那就是神能。」金大百忙中回了一句，眼見他將要衝到對方面前，金大突然控制著鄧山一個空翻，往那人上方跳起。

這招又是……鄧山還沒來得及發問，卻見對方右掌剛巧御使著那團能量球壓了下來，要是金大再晚個一瞬跳起，自己身體就會剛好被夾在前後兩種不同能量之間，無路可逃。

鄧山閃過這一招，對方似乎也吃了一驚，本來慢條斯理的動作突然加快，往前一彈，一面快速旋身，帶著能量往身後轉。鄧山本以爲金大找到機會，應該會立刻追擊，卻發現金大猛然一退，翻身出十餘公尺落地，一面說：「應該不用打了。」

「什麼？」鄧山一愣。

「要是在那兒，我們不是他對手。」金大說：「在這兒，我們只要保持距離，他很難奈何我們……他應該只是測試我們的實力，知道以後就不會繼續動手了。」

「剛竄到他身後，怎麼不順便敲他腦袋？」鄧山問。

「他還沒拿出實力。」金大說：「神使有一招稱爲『界』的功夫，可以將神能布滿周圍一定距離以內，我們兩方實力差距太大，當眞攻上去會吃虧。」

那人與鄧山這麼短短過了兩招，神色似乎也有點意外，見鄧山也是神色不定，他臉上突然出現笑容，呵呵說：「不錯不錯。」

不錯什麼？鄧山還在提防著對方。

「鄧山。」那人手背身後，緩緩踱步前進，一面說：「我叫康禹奇，是睿風企業副執行長。」

鄧山依然沒吭聲。

「異世科研基金會是本企業在這個世界創設的公司。」康禹奇緩緩說：「所以，你也是我的員工之一。」

唔，老闆冒出來了？鄧山正考慮該不該說「我要辭職」的時候，康禹奇突然向遠處的康倫點點頭說：「這是我姪子康倫，你們見過面了……康倫，播放影片。」

「是。」康倫一反之前輕鬆笑鬧的模樣，畢恭畢敬地說。

什麼影片？鄧山轉過頭，卻見康倫手拿著一個小方盒，對著前方一塊空地，盒中許多光線交織而出，一個立體影像突然出現，卻是自己和那位張允老伯在那個世界對話的過程，無論動作和聲音都十分清楚。

「夠了。」康禹奇讓康倫停止播放，一面回頭對鄧山說：「爲了節省溝通的時間，我直接讓你知道，你和張允的對話過程，都由張允不知道的一組監視器記錄了下來。」

那張允豈不是糟糕了？鄧山微微變色說：「那位老伯呢？」

「放心，我們不會難爲他。」康禹奇說：「但既然他不夠忠誠，就讓他的自由度更降低一點。」不知道這是什麼意思……鄧山明知對方不打算說清楚，也只好不問了。

康禹奇緩緩說：「鄧山，你身爲我們的員工，不依照公司指示，私吞公司指示應取得的金靈，還因凝聚內氣，使金靈與你無法分離，直接造成公司千萬谷幣的損失，你覺得該怎麼負責？」

對方要是動手動腳，就交給金大應付，但對方這麼和和氣氣地說道理，自己倒眞是理虧。鄧山支吾地說：「我那時得到知識……誤會公司……」

「這我已經知道了。」康禹奇說：「你不只得到金靈留下的知識，還能很迅速地應用，似乎是天生好手……我本來還有點不信，剛剛略微測試，兩三天就有這種契合度，你確實是難得一見運使金靈的天才，只可惜歲數太大了點……」

這和歲數有什麼關係？鄧山惑然。

「他的意思是你內氣太晚才開始修練，很難練強了啦。」金大插嘴說：「欸欸，大家都說你是天才耶。」

「不要開玩笑了，你明知道我實際上不是天才。」鄧山在心中哼聲說。

「因爲我才是天才嘛。」金大說：「哈哈哈。」

「你只是剛好意識清醒，那些是你本來就會的，和天才有什麼關係。」鄧山和金大越來越熟，不客氣地奚落金大。

「呃……你這樣不行喔，見不得人家好。」金大說。

「去你的……」

兩人在心中鬥嘴，鄧山忘了理會康禹奇，康禹奇卻也不在乎，自己接著說：「你應該已經知道，這世界的錢，我們並不在乎，我們也知道，你很想回這世界生活。」

好像要說到重點了，鄧山不理會金大，望著康禹奇緩緩點了點頭。

「我是想這樣解決。」康禹奇說：「首先，你將從金靈那兒獲得的知識完整地告訴我們。」

「這個可以胡謅，答應他！」金大慫恿著。

「其次，」康禹奇接著說：「你定期到我們的世界接受使用金靈的訓練，然後以睿風企業的戰鬥員身分參與自治區的『較技比賽』。」

「打架！」金大怪叫起來：「這個好玩，這個最好玩了！去玩，我要玩！爲什麼只較技呢？還有一種啊，一起參加吧，啊，你還不行參加另外一種，可惜可惜……」

金大怎麼這麼興奮？難道就是他提過的比賽？鄧山莫名其妙，詢問康禹奇：「這是什麼比賽？」

「這種比賽分兩種，分爲『較技』、『控能』兩種。」康禹奇說：「我們企業欠缺『較技』的好手，我相信你有這種潛力，只要能進入高段表演賽，半年之內，你獲得的表演費用就足以補償本企業失去一隻金靈的損失。」

眞是聽不懂，到底是戰鬥還是表演啊？

「有空我再慢慢跟你解釋！」金大已經完全進入興奮狀態，哇哇叫說：「答應他就對了，反正就算你不會，我也可以玩。」

「你不怕他拐我們去那個世界，然後翻臉動手？」鄧山問。

「呃……」金大終於冷靜了點，不敢隨便出主意。

康禹奇接著說：「除了受訓及參加比賽之外，你可以在這世界過你喜歡的生活，我會將公司每年的營收撥一筆豐厚的紅利給你，讓你無後顧之憂；如果日後你想到我們的世界生活，也一樣歡迎。」

「如果我不想再去那個世界呢？」鄧山試探地問。

康禹奇微笑說：「別試探我們，我們並不是那種乖乖守法、默默接受損失的企業。」

雖然康禹奇還是帶著笑容，鄧山望著他的目光，卻不由得心中微微一寒，他知道康禹奇並不是在開玩笑。

「如果不是因爲這個監視器錄下你打倒張允的動作，顯露出你驚人天賦，執行長不會准許我跑這一趟。」康禹奇望望外面的夜色，緩走兩步說：「因爲我們很缺優秀的戰鬥技術戰鬥員，加上你本是無心之過，才會考慮用這種方式解決。」

鄧山忍不住試探地問：「不然你們會……」

「你不會想知道的。」康禹奇一笑說：「我該說的已經說了，其他的部分就由康倫幫你處理，這個世界的相關事情，這幾年一直由他負責。」

康倫這時才走近，恭敬地說：「是，叔叔，我會處理。」

康禹奇斂起笑容，望著康倫沉聲說：「別再出問題了。」

「是，絕對不會的。」康倫聲音有些發顫。

康禹奇轉頭對鄧山和善地一笑，轉身緩步而出，離開這室內運動場。這傢伙……讓人完全說不出拒絕的話。鄧山第一次碰到這種人物，頗有點不適應。

康倫卻似乎更慘了，他直到康禹奇的身影消失了好片刻，這才鬆了一口氣，抹汗對鄧山說：「鄧兄弟，你這次突然逃跑，可差點害慘我了，還好你天賦異稟，大家才都逃過一劫。」

鄧山不知該說什麼，只好發怔。

「你現在是自己人啦。」康倫說：「還要去我們那兒受訓，我看看上面會怎麼安排……還有該撥多少錢給你在這兒用呢？這公司十分之一的收入如何？」

「什……什麼？」鄧山愣然。

「我們來這世界設立公司三十年了，錢滾錢、利滾利，現在每年大概有三到五億左右的利息收入，一年先撥五千萬給你，夠用嗎？」康倫說。

見鄧山愣在那兒，康倫尷尬地說：「太少嗎？聽說很多大企業每年營業額是幾十億、幾百億，但是我們其實沒在經營啊，都是靠賣鑽石的錢，買些基金、證券、股票，或放銀行吃利息、紅利之類的，有時候不景氣，總值還會變少，你們政府還一直想辦法收稅。所以，收入不多也是很正常的……」

「呃……」鄧山連忙說：「我不是這個意思，夠用了，太多了。」

「那就好。」康倫呵呵笑說：「其實，我也不知道這兒五千萬算多算少，這當薪水吧，如果你臨時想要買什麼遊艇、飛機之類的，再另外申請吧，不要讓公司倒了就好。」

「應該不用了。」鄧山尷尬地搖了搖手。

「明天會有個叫做黎雅香的會計師打電話給你，」康倫說：「她是和我們合作的會計師。你把帳號給她，讓她匯錢進去，其他有什麼需求也可以找她先幫忙處理。」

「都好，沒事了嗎？我想回去了。」鄧山突然覺得自己眞的累了。

「等等，你拿著這個。」康倫遞過一隻精巧的手機說：「這是改裝過的，可以藉著別墅那兒的傳送波連結，配合空間絕對座標，聯繫到我們那個世界，找你就不用先傳送了，你原來的晶片卡也可以放進去。」

「好。」鄧山接過時心想，八成這同時也兼具追蹤和竊聽功能吧？自己的卡才不要放進去。

「大概就這樣了，等上面幫你找到王邦金靈訓練的師父，我再通知你去。」康倫說。

「王邦？」鄧山訝然說：「那不是很遠嗎？」

「是啊。」康倫說：「所以你到時候得去住一段時間，比來回跑方便。」

「這……好吧。」總而言之，自己拿了人家本來可以賣千萬高價的東西，在這世界又給了這麼多錢，除非要自己命，否則做點事情還債也是天經地義。

「大概就這樣啦！」康倫嘆口氣，伸伸懶腰說：「又得慢慢開車去山上了，都怪你們這兒不讓私人用直昇機，聽說這世界很多其他地方可以。」

「對啊，公司爲什麼會選在台灣設立，又爲什麼在台中？」鄧山剛巧想到這問題，說：「這只是個小地方，不是嗎？」

「因爲能自由活動的金靈幾乎都逃到南墜島啊。」康倫笑說：「這世界的台灣中部，有一部分區域和南墜島區域重疊，所以就選擇這兒當基地了，這樣抓金靈才方便。」

「喔……」其實鄧山心中問題還是很多，但是連續奔波了兩日，眞的懶得再問了。與康倫道別之後，鄧山騎車回家，還記得撥了個電話給柳語蓉，讓她安心，跟著就好好地睡了一大覺，恢復身體疲勞。

□

第二天，鄧山是被電話聲吵醒的。鄧山醒來看看時間，訝然發現居然已經九點多了，自己前一個月不是都已經習慣七點多起床嗎？怎麼忙個兩天就累成這樣？鄧山打起精神，拿起電話，只聽電話中傳來女性的聲音：「請問是鄧副董嗎？」

「什麼？你找誰？」鄧山訝異地問。

「我找異世科研基會副董事長，鄧山先生。」聲音說。

什麼副董事長？鄧山愕然說。「我……我就是鄧山。」

「您好，我是黎雅香。」對方殷勤地說：「我是負責貴公司的會計師，康董事長通知我，要我向您取得薪資入帳的帳號。」

「喔……你等等……我去找。」鄧山才想起昨晚有提到這件事情，但是怎麼突然給自己安了一個怪職位？

正打算爬起床去翻帳號，黎雅香卻說問：「不，鄧副董，您等一下。」

「怎麼了？」鄧山問。

「全當薪資匯過去的話，要交很多稅金。」黎雅香說：「我是建議換個方式，也和康董提過了，他說由您做主。」

「哦？怎麼說？」鄧山不懂帳務，只能愣愣地聽。

「我另外幫您開一個公司帳戶，讓您支用。」黎雅香說：「普通開銷，您就領一部分到自己帳戶使用，至於大筆的費用……」（好國民不要學逃漏稅的方法，從略）

鄧山聽了半天，黎雅香從如何避稅談到投資節稅，沒完沒了地說了將近半個小時。鄧山終於忍不住打斷說：「謝謝妳說這麼多，我眞的記不住了。」

「說的也是，我介紹一位理財專家與您聯繫如何？」黎雅香說：「他可以幫您規劃和處理您的各項投資、保險，這樣也能節稅……」

「下次吧，下次吧……我還有事情，先這樣了。」鄧山像逃命一般地掛了電話，這算他首次約略體會到有錢人的辛苦之處。

已經是十月的天氣了，早晨有點微微的涼意，鄧山披上衣服，靜了下來，還有點恍如隔世的感覺。

想想這筆莫名的財富，如果眞有這麼一大筆錢隨自己使用，補習班是眞的不用去上了……不過那康禹奇雖然生的是豐神俊朗，十分吸引人，卻透著一股邪氣，看來不似善類，與他們多牽扯實在不是好事。

以現在的狀況，實在也不適合去補習班了，隨時會有突發狀況，老是請假也不是辦法。鄧山嘆了一口氣，起身打算親自去一趟補習班，向班主任辭職。

不過一起身，鄧山就感覺到身體似乎不大一樣，眼睛耳朵都彷彿更清明了些，身體也似乎感覺更輕便，渾身充滿了活力。難道這樣大睡一晚，對身體這麼有幫助？

還是……難道是……

「嘿嘿嘿……」金大出聲了：「終於想到我了。」

「你……你做了什麼？」鄧山問。

「秘密，」金大說：「還在試驗，不過感覺效果不錯。」

「拿我身體做試驗？」鄧山吃了一驚：「不行啦。」

「放心、放心。」金大說：「我所謂的試驗，只是沒做過，但不是沒把握，懂嗎？」

「什麼……？聽不懂。」鄧山說。

「反正你放心啦。」金大倚老賣老地說：「我可是六、七百歲了，你不聽我的聽誰的？」

什麼六、七百歲，根本就像個小孩子……不過，身體感覺起來倒是沒什麼不妥，也只好不管了，鄧山嘆一口氣說：「你別害我就好。」

「不會、不會，」金大保證：「害你對我沒好處呀。」

「也是。」鄧山一面換衣服，一面說：「要不是去公司遇到人不好解釋，我還眞想繼續去公司流汗……」

「還是不去得好，」金大說：「那午餐應該有問題。」

「什麼？」鄧山一怔。

「你不是說特別好吃嗎？八成加了沙恩粉，」金大說：「那會大幅提升人體運動能力和精力，而且讓人很想活動身體，否則那一個月怎會一直提升難度，全部的人還是都通過考驗？我那天聽你提起，就想到這可能性了。」

「沙恩粉……」鄧山訝異地說：「那時你倒是沒說……」

「那時不想打斷你說故事啊，」金大說：「沙恩粉吃少沒關係，吃多的話，久而久之，體能反而會變差，壽命也會減短，兩個月差不多是上限了，再多就開始慢慢對身體有害，還有上癮的可能喔。」

「所以，他們試用期定兩個月？」鄧山說。

「也許吧，」金大無所謂地說：「反正你別吃就好了，其他人不關我們的事。」

「不能這麼說……」鄧山想起已經錄取的郭安卉，不由得有點擔心。轉念又想，蔡教練等人當年也都是捕抓金靈的，爲什麼後來會需要每年不斷補入新人呢？難道他們不知實情，一直吃下去？

「這也不是不可能，」金大說：「他們可能不知道有壞處，吃上癮都不知道。」

「去補習班以後，我去公司一趟，勸他們別吃。」鄧山搖搖頭，一面出門一面說。

「你要怎麼說？總不能都說是金靈在那一瞬間給你的知識吧……」金大頗不屑地說：「我要是眞能選擇一些知識留下，才不會留這種沒重要性的東西咧。」

「我……」鄧山一愣……是啊，自己照道理不該知道這件事情的。

「兩百多年前，腦神經連結的技術完全發展成熟之後，沙恩粉就完全沒有市場了。」金大說：「那企業懂得用這東西，上面的人知識眞算很豐富了。」

「唔……」鄧山想：「也許這麼多年，已經把缺點去掉了？」

「如果這麼想你比較舒服的話，就這麼想囉。」金大無所謂地說。

這傢伙……鄧山除了翻白眼，還眞不知道該拿他怎麼辦。

很快地到了補習班，此時沒課，班主任一個人坐在外面的接待處點菸看報，天花板上懸掛著的電視還在播放新聞。

「班主任。」鄧山走入，打了個招呼。

「鄧老師？」班主任訝然說：「怎麼跑來了？」

「這……說起來有點不好意思……」鄧山將自己前一陣子應徵工作的事情，大略說了一下，最後提到因爲公司時間變化多，自己可能不能繼續在補習班任教了。

班主任一直沒插嘴，聽到最後，點點頭說：「上次你請假，我就知道可能會這樣了，你以前都沒請過假的。」

「多虧班主任幫忙。」鄧山尷尬地說：「不過，我暫時應該還可以繼續上，直到班主任找到新的老師爲止。」

「沒關係、沒關係，」班主任呵呵笑說：「我處理就好了，我看看……嗯，你今晚還有另外一堂國二的課，我來吧，你專心工作。」

「呃……我今晚應該沒事。」鄧山有點意外，班主任會不會太爽快了。「沒關係、沒關係，我來就好。」班主任笑呵呵地說。

「喔……」似乎他也不怎麼想讓自己教了？鄧山有點愕然。

「我幫你把這個月結算一下。」班主任拿出計算機，一面看著課表鍵入，一面說：「補習班就是這樣，老師們來來去去，要當班主任就要有兩把刷子，隨時可以接替進去，哈哈哈。」

「是……」鄧山陪笑說：「我可沒辦法。」

「今天十月十三日，我看看。」班主任一面說：「七天十四堂課，請假一次，所以是十三堂……嗯，辛苦你啦。」一面點了一疊錢，放入信封袋，交給鄧山。

一點也沒有被挽留的感覺，鄧山抓抓頭，只好說：「那我先回去了，謝謝班主任。」

「不會，不會。」班主任一頓說：「那位柳小姐呢？還會繼續上嗎？」

「我不知道耶，要問她自己。」鄧山一面說，一面倒是想起昨晚柳語蓉的言語，看來自己辭職的事情倒要先通知她一聲。

「你以後要是還有時間上課，再回來找我喔，我會幫你安排的。」班主任熱絡地說。

鄧山聽了頗覺好笑，班主任這話不知是不是客氣話，剛剛明明一副要自己快速消失的模樣……

鄧山卻不知道，中小型的國中補習班競爭激烈，老師能力要求又不算太高，許多補習班老師在工作了一段時間之後，往往會嘗試找三五好友自行開業。比較沒品格的，第一件事就是在自己原來工作的補習班課堂中偷偷招生，因此，只要是比較有經驗的班主任，得知自己旗下老師有離職意願，大多會立即接手，不讓對方繼續授課，倒不是不認同鄧山的授課能力，只能說是不怕一萬只怕萬一的防範動作。

鄧山與班主任道別之後，機車轉個方向，駛向柳語蓉的家，印象中她週末早上沒課。自己好像很少主動找她？鄧山啞然失笑，自己是什麼地方變了？昨晚對她態度也不大一樣，也許是因爲前兩天的驚險，讓人突然對很多事情都十分珍惜……

「聽說生物感覺到生命有危險的話，會特別想交配喔，因爲想留下後代。」金大很不識時務地突然開口說。

「去……去你的。」鄧山差點跌倒，老臉發紅地說：「你胡說什麼。」

「不是嗎？我也是聽人說的。」金大說：「我跟你說喔，雖然說適當的性行爲對身體只有好處，不過，我希望你這兩個星期禁慾一下。」

「我去找她不是爲了那種事情！」鄧山頗有三分惱羞成怒，生氣地辯解，至於爲什麼要禁慾倒忘了問。

「喔，不要生氣嘛。」金大說：「你生氣我也不舒服，彼此體諒一下。」

「你……」鄧山可眞是無言以對，眼看已經到了柳語蓉套房大樓門口，停下車的鄧山想起金大說的話，反而有點不知道該不該去找她了。

現在是大白天，看不出屋內有沒有燈光，直接這樣闖進去好像不大禮貌，還是撥個電話好了。鄧山想了想，取出手機，撥了柳語蓉的手機號碼。

電話響了五、六聲，柳語蓉才接起說：「山哥？」

「語蓉，」鄧山說：「在忙嗎？接的比較慢喔。」

「還好啦，有事嗎？」柳語蓉似乎有些意外。

「沒什麼，我想跟你說，補習班我辭職了。」鄧山說。

「喔，山哥眞的辭職了喔？」柳語蓉笑說：「那可要慶祝一下喔。」

「呵呵。」鄧山笑說：「現在嗎？我有空。」

「唔……」柳語蓉說：「我剛和幾個班上同學約了要去百貨公司呢……這個週末十樓有內衣大拍賣喔，山哥要陪我們去選嗎？」

「你們女孩子買內衣，我去幹嘛？」鄧山笑說：「改天吧。」

「山哥可以想像我們穿了以後的樣子呀。」柳語蓉吃吃笑說。

「呃……」鄧山苦笑說：「不要亂開玩笑。」

「嗯，我知道啦，那我等等就要出門，先不聊囉。」柳語蓉柔聲說：「我晚點再打給你喔。」

「好。」鄧山掛了電話，轉過車頭，駛出小巷。

轉出時，鄧山心念一轉，柳語蓉沒有買機車，去哪兒都是靠自己一雙腿走，同學應該也不會來接她吧，自己要不要等一下，送她一程？卻不知道她還要弄多久？正想著之間，巷子內，柳語蓉那套房公寓的大門打開，裝扮整齊的她正輕跳著走出，看來心情不錯，她剛蹦下階梯，便回過頭對著大門，似乎正笑說著什麼。

既然都出來了，就送她去吧。鄧山正想轉過車頭，卻見公寓大門前腳後腳走出一個看來也是學生的青年，手中拿著兩頂安全帽，正笑嘻嘻地遞一頂給柳語蓉。

柳語蓉接過，轉身往外，正要順著風勢戴上安全帽，卻剛好望見不遠巷口的機車上，佇車而立的鄧山。

柳語蓉一怔，表情有些慌張，她走近兩步卻又突然停下，似乎有些手足無措。

那男孩子剛剛是在她房中嗎？難怪電話響了這麼久……這一瞬間，鄧山心中翻起一股莫名的滋味，他吃力地擠出一抹笑容，有些僵硬地對柳語蓉點了點頭，猛一把催開油門，絕塵而去。

異世遊

忍一下就過去了

「振作、振作！平靜、平靜！哎呀呀。」金大在騎著車的鄧山腦中亂叫著：「我快窒息了！救命啊。」

「你吵什麼啊？」鄧山在腦海中怒叱。

「我在惹你生氣，」金大說：「生氣還比剛剛那種情緒舒服點。」

鄧山一怔，嘆了一口氣說：「我沒資格生氣。」

「勉強可以呼吸了。」金大說：「再平靜一點吧。」

「你什麼時候需要呼吸了。」鄧山沒好氣地說。

「只是方便你理解的形容方式。」金大說：「要是我說，身體裡面傳遞的神經電子流波動穩定多了，你聽不懂吧？」

鄧山被金大逗得失笑說：「什麼東西啊……」

「這樣就好多了。」金大呵呵笑說：「心情愉快點，生命才長久。」

「我也不知道剛剛是怎麼了……」鄧山說到一半，手機突然響起，他靠到路旁，拿起一看，果然顯示著柳語蓉來電。

實在不知道該說什麼……鄧山嘆了一口氣，把手機電源關閉，繼續往前。

「糟糕，你又不爽了。」金大哀叫。

「找點事情分心吧。」鄧山深吸一口氣說：「剛領了一萬多薪水，咱們去花錢吧。」

「好啊好啊！」金大說：「可是，你不是另外有幾千萬可以亂用？」

「那個啊？」鄧山說：「還不大清楚他們要我做什麼，能不花就不花吧。」

「比賽而已呀！」金大說：「沒問題的，你只要去參加比賽，幫他們賺到的肯定多得多，他們給你的錢可以安心花用，而且……那個超好玩的啊啊啊！」

每次提到那個比賽，金大就進入瘋狂模式，鄧山見怪不怪，只回說：「等有賺到再說吧。」

「反正你總要花的呀，」金大說：「你不是辭職沒收入了？」

「也對……」鄧山煩惱地說：「那花少點就是了。」

「那現在要去哪兒花錢呢？」金大說。

「唔……」戴著安全帽不能抓頭，鄧山拍拍安全帽說：「我也不知道去哪邊花……啊！」

「怎麼？」金大問。

「去學校球場看看好了，我說過讓你看看這世界的運動比賽的。」鄧山說。

「比賽？好啊好啊！」金大很有興趣：「那花的錢多嗎？」

「不用花錢啦。」鄧山呵呵一笑，轉過方向，往先德大學的方向騎去。

鄧山畢業之後，也很多年沒回母校了，今日難得有閒，他帶著金大逛了逛排球場、籃球場、足球場、棒球場，還有體育館內的羽毛球場。每個地方都有多多少少的學子在其中運動或比賽，金大果然看得很興奮，大呼小叫地一直慫恿鄧山下場，但鄧山只是抱著來逛逛的心態，況且他也不是那種容易和人熟絡的人，並不擅長主動要求加入別人的團體。

金大一面看著各種比賽，一面得意洋洋地說：「這兒太簡單了，要是我來，每個比賽都可以一直贏。」

要是讓金大控制自己身體，那真可以辦到很多常人辦不到的事情。鄧山在心裡說：「這樣不公平啦，其他人都是普通人。」

「喔！說的也是。」金大說：「那你上啊，我不要出手。」

金大不出手的話，倒是可以考慮……鄧山知道金大也是好心幫自己找事情做，否則自己只要一閒下來，腦海中馬上浮起柳語蓉的事情，剛剛那巷道內的景象不斷閃過腦海，每次閃過都是一次心悸……

「停！」金大又受不了了，忙叫：「不要想了！快去找個運動下場吧。」

鄧山尷尬地笑了笑，轉念心想，經過這一個月的操練，自己體能算是不錯，比年輕的時候還好；不過，除了賽跑之類的田徑比賽之外，很多運動都還需要技術和準度，比如籃球、棒球等，不是有體力就可以有好表現的。當初自己有一段歲月雖然挺喜歡籃球，但也只是半調子，球能不能進籃都是看運氣的。

「打不打先不管，你既然喜歡籃球，我們就回去看籃球吧。」金大當即說。

「好。」鄧山無可無不可地轉身。

走回籃球場，這兒該算人最多的地方，因爲籃球與其他運動不同，可以參與的人數彈性很大，勝負的條件也可以任意決定，以縮短比賽的時間。在人多的時候，一個籃框下有三、四個隊伍輪著鬥牛比賽很常見。

今天是星期六，場上人可眞的不少，鄧山逛啊逛的，找到一個看來技術水準比較高的場地，坐在一旁觀賞。這兒和其他場地不同，除了是打全場之外，還有裁判計分計時，看來是正式比賽。

還是這種充滿熱力的比賽好看。鄧山一面看一面想，雖然電視上播放的國外職業比賽，技術和能力比這高出不知多少，不過隔著電視，總是感受不到現場的熱情。眼前這些學生誰也沒有兩百多公分的身高，也沒哪個有能耐灌籃，但大家高度都差不多，打起來一樣是精采刺激。

開。

就這麼看到接近中午，比賽結束了，兩方嘻嘻哈哈地握手拉扯，和各自的啦啦隊一起離

肚子也餓了。鄧山走去懷念的學校餐廳吃了午餐，反正不知道該做什麼，又走回籃球場。也許因爲中午時間到了，只剩下兩個籃框有人，籃框下四、五顆籃球沒人理會，該是場上的人多帶的。鄧山有點手癢，趁著場上一個段落，打岔說：「這球可以借我一顆嗎？我在旁邊投籃。」

「好啊。」場上全身是汗的幾個年輕人，異口同聲爽快地回答。

鄧山拿起一顆籃球，走到旁邊的球場輕鬆地投籃，然後再奔去撿球。鄧山扔著扔著，發現自己的命中率似乎比以前高出不少，訝然問：「金大，你有幫忙嗎？」

「沒啊。」金大說：「可能因爲你全身協調力比以前好，所以會提高準度。」

「喔。」鄧山擦板上籃，跟著運球在場上亂走。

「投球還好，你的運球動作和上籃動作不太好。」金大說：「有點不順暢，剛剛比賽的人有幾個動作比較合理。」

「我又沒受過訓練，都是和朋友亂玩而已。」鄧山在心中笑說：「要是讓你看過NBA比賽，不知道你會怎麼嫌棄我的動作。」

「那是什麼？」金大頗感興趣。

「算是最高水準的籃球比賽之一，」鄧山說：「電視會轉播。」

「喔！好像很棒。」金大說：「我可以看嗎？」

「好，回家讓你看看體育台，一堆運動可以看。」在金大歡呼聲中，鄧山運到三分線，遠遠一射，刷地一下應聲入網。

「怪了，我哪有這麼準？」鄧山一面撿球，一面惑然自問。

「啊，你不自禁地有用內氣修正。」金大說：「當你出手瞬間，會帶出一股微勁在球的左右修正弧度，準度會提升很多。」

「唔，有嗎？」鄧山自己倒沒感覺到。

「微量的出入，就像呼吸一樣自然，隨心神而運使，不容易察覺。」金大說：「這些『比準度』的運動，你會比沒內氣的人稍佔優勢。」

「嗯……」鄧山這球撞上籃框，匡地一聲彈飛老遠。鄧山一面急追，一面在心中笑說：「只是比以前的我好很多，眞的神射手比我現在還準多了。」

「欸！那位大哥。」剛剛借球的球場，一個年輕人遠遠叫：「我們缺一個人，一起玩嗎？」

「好啊。」鄧山走過去，和他們玩起三對三的鬥牛。

到了下午，人漸漸變多，不久之後又是三、四組隊伍輪著上場，鄧山隊伍獲勝的話就繼續，輸了就下來休息，欣賞其他人的比賽。時間一下就過去了，關注著球場的鄧山，這才真的漸漸把柳語蓉的事情放在一邊。

期間也更換了幾次隊友，鄧山也無所謂，反正以他現在的體能與準度，在這樣的場合比賽算是遊刃有餘；而他年紀明顯比這些學生稍長，比較少人和他攀談，他也樂得清靜。

鄧山望著場上，心中一面思索，既然不能去公司流汗，來這打打球其實也不錯，只可惜隊友太容易累了，打幾場就會累到守不住。

此時，鄧山身旁一個和他同隊的年輕人，取出菸來點火，一面遞向鄧山，問說：「大哥抽菸嗎？」

鄧山笑著搖了搖頭拒絕，心中卻有點嘆息，這些年輕人，下場抽菸，上場就喘氣……抽菸體力會下降，他不知道嗎？

「幹！」突然一聲髒話從隔壁場上傳來，連場上打球的球員都停下腳步，往那兒望去。

好像那兒有兩群人起了紛爭，雙方互相吵了幾句，三個一頭亂草的年輕人一面不乾不淨地亂罵，一面往外跑。

「不知道怎麼了，」年輕人訝然起身說：「我去問問。」拍拍屁股跑了過去，至於場上其他的人見沒熱鬧可看，又繼續打了起來。

年輕人沒過多久就回來了，他對等待消息的眾人說：「阿吉說，那些小混混一面打球，一面嘴巴不乾不淨的，他們聽得不爽，回了幾句，就吵起來了。那些人看他們人多，就嚇跑了。」

「我最看不順眼那種亂草頭了，」另一個短髮年輕人說：「什麼流行嘛，我們班上也有幾個。」

「欸欸！」一個正頂著亂草頭的年輕人說：「什麼亂草頭，我們這是故意弄得亂亂的、刺刺的，看起來有形啊！而且要抓半天耶！你沒看電視上現在都是這種頭，流行耶，我們這叫『型男』耶！」

「耶什麼耶！我忘了你也是這種頭。」年輕人笑說：「什麼流行，就是每個人都這種頭才讓人看膩，一點特色都沒有。你看眞的大明星哪個是這種髮型？留這種頭都是小角色啦，和剛剛那些混混一樣。」

「去你的小角色。」亂草頭年輕人推了短髮男一把，兩人笑鬧起來。

此時隔壁場地的那些年輕人商量了片刻後，大部分收拾東西離開，只有一個人留下仍在對著籃框扔球。過不久其他隊伍加入那場地，又繼續打了起來。

「阿吉膽子眞大，居然不走。」鄧山的隊友起身說：「輪我們了。」

鄧山又上場打了一陣子，突見場邊走來十個左右叼著菸、手拿長短棍棒的人，直接走向隔壁球場。那個叫做阿吉的看狀況不妙，扔了球轉身就跑。那十餘人一扔菸，一面亂罵一面追，兩方一追一逃，轉眼間不知道跑哪兒去了。

鄧山看著有點擔心，但自己又該幹什麼？靠金大追去打昏那些人嗎？這也太誇張了……

「要不要去看看啊？」一個年輕人問。

「不知道。」另一個轉頭望著鄧山。

看我幹嘛？因爲我看起來最老嗎？鄧山聳聳肩搖頭，表示自己也不知道該怎麼辦。

「阿吉跑很快，應該沒事吧。」隊友也有點擔心。

「這樣吧，我打電話報警。」鄧山不知爲何總有點過意不去，於是走到一旁，打開手機撥電話。接電話的員警問清位置之後，倒是應承馬上派人過來。

既然有人報了警，大夥兒好像都覺得沒問題了，打球的又繼續打球，沒人再去管阿吉的事情。很快地，兩名員警開車到了球場尋找報案的人。鄧山過去說明了案情，幾個不敢報案的年輕人，此時倒是很熱心地跑來吱吱喳喳，員警知道始末之後，很快地駕著車往阿吉奔逃的方向巡去。

這麼一亂，鄧山也不想打球了，他心中帶著一些不安騎車回家。

「既然這麼擔心，以後就插手吧。」金大開口說。

「我知道你可以輕鬆收拾掉那些人，」鄧山說：「但是這樣一來，不知會有什麼後果……很奇怪，也不是第一次看到身邊發生這種事情，今天我感到特別難過。」

「因爲你以前沒能力阻止啊，」金大說：「今天你是能阻止卻不阻止，所以喔，有句話說，無能也是一種幸福。」

金大有時候說話還眞他媽挺有道理的。鄧山終於忍不住在心底罵了一句粗話，又重重嘆了一口氣。

鄧山停了機車，坐電梯上了九樓，剛出電梯口，卻見自己家門口蹲坐著一個小身影。鄧山一怔，那人已經急忙站起，看似想說話，眼淚卻又流個不停，說不出來。

「哎呀！女人！」金大叫了一聲：「糟糕、糟糕了，完蛋了，請儘量保持情緒穩定，感激不盡。」

「語蓉……？」鄧山看清那個身影，顧不得罵金大，吃了一驚，呆在電梯口。

「山……山哥……」語蓉嗚咽地說：「你……不回家……也……不肯接電話……嗚……我……人家……嗚……」

「別哭別哭。」鄧山走近，心整個軟了下來。

「你……生我的氣對不對……」一直精心打扮的柳語蓉，此時臉上卻是整個哭花成一團，她哽咽地說：「對不起……我……我不是故意騙你的……」

「唉，進來再說。」鄧山打開鐵門，輕拍著柳語蓉的肩，將她引入屋中，在沙發上安置下來，倒杯茶水，遞過一大包面紙說：「妳臉都花了。」

「不管啦……」柳語蓉越哭越大聲：「你……你不接人家電話……你居然……居然關機不接人家電話……讓人家說對不起嘛……」

「我……」鄧山卻也不知道該如何解釋，怔在一旁，望著天花板發呆。

反而柳語蓉漸漸停止哭泣，她有點害怕地偷望了鄧山一眼，見鄧山呆看上方，她這才低聲說：「山哥。」

「嗯？」鄧山低下頭。

「我今天和那人約好出去玩，」柳語蓉說：「對不起，騙了你。」

「嗯……」

「可是我後來沒去。」

「喔。」

「我只是……只是……只是出去玩……」柳語蓉不知道該怎麼說下去，聲音又哽咽了。

「妳喜歡他嗎？」鄧山突然說。

「不討厭，」柳語蓉頓了頓說：「可是不是那種喜歡，只是出去玩而已……」

「嗯。」

「我知道你氣我騙你……可是如果我沒騙你……」柳語蓉淚珠突然大滴落下，哽咽地說：

「你就不生氣嗎？」

「我……」鄧山一時語塞。

「我……還怕你真的不生氣……」柳語蓉抬起頭，淚珠一滴滴沿著柔美的臉頰滑落，她緩緩地說：「萬一……你真的不生氣，我……怎麼辦？」

鄧山本來還聽不懂，仔細想了兩次，才聽出柳語蓉話中的含意，鄧山嘆了一口氣說：

「妳……太傻了。」

「山哥……你討厭我了嗎？」柳語蓉低聲說。

「語蓉，對不起。」鄧山和聲說：「我一直把妳當成小妹妹……」

「不……我不要聽。」柳語蓉害怕起來，掩住耳朵。

「讓我說完，」鄧山輕抓住柳語蓉肩膀，凝視著她的眼睛說：「但是今天的事情發生以後，我才知道我不止當妳是妹妹。」

柳語蓉吃了一驚，睁圓眼睛望著鄧山。

「我很生氣，我氣到把手機都關了。」鄧山自嘲地說：「不只是氣妳騙我，我還因爲看到妳和另外一個男生有說有笑一起出門，我吃了好大的醋。」

柳語蓉帶淚的面容，噗嗤一聲笑了出來，她羞赧著臉抓住鄧山的手，低聲說：「他……是在門外走廊等我的。」

「那是我誤會了。」鄧山尷尬地說：「對不起。」

「我房間……」柳語蓉聲音微若蚊蚋：「除了山哥，才不會讓別的男生進去……」

「我不知道……」鄧山心中感動，有些口吃地說：「我居然……一直沒看清楚自己，妳對我一直很好……我對妳……我對妳應該也……應該也……」

柳語蓉不等鄧山說下去，手一伸，縱身入懷，緊緊摟著鄧山。

兩人緊擁了好片刻，柳語蓉抬起頭來，兩人目光對望，鄧山只見紅唇微噘、美目含情，忍不住深深地吻下，兩人耳鬢厮磨，說不盡溫柔繾綣。

正自糾纏得不可開交之際，突然金大聲音冒了出來：「咳！咳咳！咳咳咳！」

「金大……你……」鄧山身子一僵，他剛根本忘了金大在一旁看著。

「我知道我知道，這種時候不該打擾你，保證以後不會。」金大忙說：「但是這兩星期很重要，忍一下，忍一下就過去了！」

「你走開！別吵。」這時候哪有人叫煞車的？

「不行，眞的不行，忍一下啦。」金大哇哇叫。

有人這樣在腦中吵，怎麼繼續下去？鄧山只好憤憤地在腦海中說：「你……你晚點要好好給我解釋清楚。」

「一定一定，忍忍喔，抱歉抱歉。」金大又安靜了。

衣裳凌亂、星眸微閉的柳語蓉，渾不知鄧山腦袋中有人打擾，見鄧山動作突然停了下來，她微微張開眼睛，朱唇微啓，含情望著鄧山，紅撲撲的秀美臉龐看來煞是嬌艷。

被金大這麼一打擾，鄧山也不好繼續了，他輕摟著柳語蓉說：「語蓉？」

「山哥……」柳語蓉會錯意，靠著鄧山的胸口低聲說：「我們才……還是不要吧……而且……這兒是客廳……不然……還是……」

鄧山緊了緊懷中的佳人說：「嗯，先這樣就好。」

適才發展到那緊要階段，柳語蓉沉醉之餘，心中本也有些拿捏不定，但當眞聽到鄧山這麼說，她反而一怔，疑惑地望著鄧山說：「山哥，原來你……本來就……不想？」

這狀況下好像不能承認？鄧山忙說：「不是，當然不是。」

「你……你心裡還牽掛著姊姊，對吧……」柳語蓉眼眶泛紅坐起身，臉色又羞又怒。

「妳胡思亂想什麼？沒有這種事。」鄧山忙說。

「不然呢？」柳語蓉喵了一眼鄧山，咬著唇說：「因爲對象是我……」只聽過女人想辦法叫停，沒聽過男人自動煞車，柳語蓉一時之間頗有種被侮辱的感覺。

「不是這樣，妳……聽我慢慢……跟妳說。」鄧山口中說的是慢，其實卻是在心中對金大求救：「怎辦怎辦？快給我一個理由！」

鄧山緊張，也帶得金大有點慌忙，他快速地解釋說：「是因爲你內氣正在築基，內氣凝聚和體內精氣神穩定度有關，築基期間一洩氣就散了，穩定以後才沒問題。」

「什麼呀……」鄧山痛罵：「這種濫理由誰會信啊？」

「這是實話啊。」金大無辜地說。

「她不會相信啊！」鄧山說。

「那……謊話我不會啊，」金大說：「你自己編。」

「呃……」雖說心中對話只是一瞬的思念成形，速度比正常人對話快很多，但鄧山也已經發呆好幾秒了，眼看柳語蓉臉色紅紅白白地瞪著自己，似乎就快翻臉，鄧山只好亂掰說：「不過妳知道以後……可別笑我。」

「什麼呀？到底要不要說？」柳語蓉餘怒未息，嘟著嘴說。

鄧山一面思考一面說：「妳也知道，我們公司很重視體能。」

「嗯？我知道。」柳語蓉果然大皺眉頭，似乎這句開場得不大好。

「聽說這幾天，可能會請一個中醫師來給我們把脈，看大家身體狀況。」鄧山繼續胡扯。

「嗯？」柳語蓉眉頭皺得更厲害了。

「那中醫師聽說很厲害。」鄧山謊話漸漸成形，有條理地說：「只要一把脈，前幾天做過什麼都知道，還一一給你說出來。」

柳語蓉終於被這「故事」吸引，愣了愣說：「哪有這種事？」

「我聽人家說的，」鄧山說：「聽說上次有一個人，才讓他把脈一下，他就說：『咳……年輕人，自慰過度是會傷身體的。』」

柳語蓉終於忍不住笑了出來，訝然說：「怎麼可能？」

「所以我有點擔心，」鄧山說：「男女這個……本來沒什麼丟臉的，但是萬一他看錯，被他說成那樣……實在是……唉……」

柳語蓉半信半疑地望著鄧山，隔了片刻才低聲說：「這是眞的嗎？」

「眞的。」看樣子是說通了，鄧山鬆了一口氣，摟住柳語蓉，在她耳旁說：「他……聽說兩個星期內應該就會來，等他來過以後……我……我……」

「不是騙我？」柳語蓉噗嗤一笑說。

「當然不是，」鄧山說：「而且大有可能提早。」這句其實是金大補充的。

柳語蓉紅著臉，低下頭整整有些凌亂的衣服說：「其實我沒有那個意思……我是以爲你討厭我……所以難過。」

鄧山看著害羞的柳語蓉，越看越心疼，握著她的手，呵護地說：「我知道、我知道，都是我不好。」

柳語蓉抬起頭，兩人目光相會，如痴如醉，說不盡千言萬語，剛剛的風波宛如沒發生過。過了好片刻，柳語蓉才回過神，她輕輕抽回手，稍微挪開身子，兩人目光對視一眼，都有點尷尬的感覺。

鄧山正找不出該說什麼的時候，柳語蓉輕聲說：「山哥，你剛說那醫師？是哪兒找來的啊？」

怎麼突然對那醫生有興趣了？鄧山呆了呆胡扯說：「好像高雄，怎麼？」

「他如果真的這麼厲害，一定很有名氣啊，」柳語蓉又說：「我想知道他在哪開業。」

「知道來幹嘛？」鄧山打馬虎眼：「沒事跑去高雄幹嘛。」

「很難說啊。」柳語蓉睜大眼說：「真有需要名醫的時候，再遠也得去啊。」

這……謊話越說越難圓啊……鄧山情急之下，突然一把抓著她柔軟的肩頭說：「語蓉！我還是很想親妳！」跟著餓虎撲羊把柳語蓉壓倒在沙發上。

柳語蓉驚呼一聲，又羞又喜地半閉星眸，柔唇微啓，一副任君品嘗的模樣；鄧山本來只是半開玩笑，但當此情景，怎麼還忍得住？

不過這麼吻將下去，難免又是血脈賁張，倒楣的自然還是被金大在腦海中敲警鐘、非得懸崖勒馬的鄧山。好不容易再次分開，滿臉紅潮、渾身痠軟的柳語蓉，看著鄧山的狼狽模樣，掩嘴說：「我看……我回家好了，不然……你……你……」說著說著，忍不住格格羞笑。

「這……我送妳回家。」鄧山逼迫自己站起，振作地說：「先去浴室整理一下吧，否則這樣回去給人看到……」不待鄧山說下去，被提醒的柳語蓉驚呼一聲，奔入浴室，重新整裝打扮去了。

鄧山隨便收拾了一下自己也不怎麼整齊的衣裝，就在沙發上坐等柳語蓉。

等候的過程中，鄧山打開電視，看新聞殺時間，隨著幾個無聊的政治新聞過去，播報員報導說：「校園安全再度亮起紅燈，今天下午台中先德大學，數名不良分子大搖大擺闖入校園尋仇，將一名曹姓青年打成重傷，雙腿骨折，有殘廢的可能……」

鄧山心中一寒，整個人涼在那兒。只聽播報員接著說：「出事的先德大學雖然裝設有多部攝影機，也拍攝到了不良分子的惡行惡狀，校警卻不能適時加以制止。警方人員據報趕到，只找到身負重傷、昏迷不醒的曹姓學生，據說糾紛起於籃球場上的紛爭，警方現正依錄影帶搜尋兇徒……校方發言人表示，大學校園出入自由，較難事先預防……」

「是我們學校耶，好可怕。」打扮整齊的柳語蓉剛從浴室出來，剛好看到新聞的後半段。她望向鄧山，卻見他臉色發白，柳語蓉吃了一驚說：「山哥，怎麼了？」

「那些人來的時候，我在場。」鄧山說。

「你沒事吧？」柳語蓉關切地說：「你今天白天就是去學校呀？」

「嗯……去和人打球。」鄧山忍著心中翻騰的情緒，強笑說：「我先送妳回家吧？」

「好。」柳語蓉偎著鄧山，柔聲說：「以後我不會騙你，也不會隨便和別人出去。」

「喔。」鄧山說：「那我就不吃醋了。」

「不是啦，」柳語蓉嗔說：「不是這樣回答。」
「不然呢？」鄧山抓頭說。
「要說，『以後我會常常陪妳出去』。」柳語蓉笑說：「快，說一遍。」
鄧山只好照說一次，柳語蓉笑了笑，這才有點委屈地說：「以前你都不約人家……我一個人……有時候也是會無聊的。」
「是我不好，」鄧山說：「我以後真的常陪妳，好不好？」
「說定了喔。」柳語蓉高興地說。

騎車送人的過程，鄧山想到那曹姓學生的事情，心情好不起來，一路上頗沉默。柳語蓉倒是十分開心，在身後吱吱喳喳說個不停，直到鄧山將柳語蓉送入屋中，兩人再度情不自禁地擁吻，鄧山才把那年輕人的事情暫且拋開。

好不容易掙扎出了柳語蓉房門，面紅耳赤的鄧山，在門外走廊的窗口吹了半天的晚風，和金大胡扯了幾句，才恢復正常。正要踏出公寓大門時，鄧山才想起自己這一亂，居然忘了吃晚餐。

自己只是沒吃晚餐，柳語蓉恐怕連午餐都沒吃，鄧山一驚，忙打電話給她。

「山哥？」柳語蓉沒想到這麼快就接到電話。

「妳今天有吃東西嗎？」鄧山說。

「你把人家嚇成那樣，誰還有心情吃東西。」柳語蓉嗔說：「我沒吃午餐！也沒吃晚餐！你怎麼賠我？」

「呃……」鄧山說：「對不起。」

柳語蓉噗嗤一笑說：「沒關係啦，我還有半包牛奶吐司，吃兩片就好了。」

「怎麼可以整天只吃那個。」鄧山說：「來，我帶妳去吃飯。」

「好啊，」柳語蓉甜甜地說：「那你到了跟我說。」

「我……我……」鄧山終於還是說：「我在妳門外。」

「啊？」柳語蓉一驚，打開房門，果然看到鄧山。她掛上手機，訝然說：「你在幹嘛，怎麼還在這兒？」

總不好說自己在那兒吹風恢復冷靜，鄧山只好說：「我……我捨不得走。」

「你……」柳語蓉紅著臉，一把將鄧山拉入房中，掩上門，又投到他的懷中。

也只有熱戀中的男女，要出個門、吃個飯，都能摩摩蹭蹭地搞上半天。鄧山好不容易回到自己家中，已是夜幕低垂，滿天星光。

「好！你給我說清楚！」回到家的鄧山，關上門，對著無人的客廳大嚷：「什麼叫做兩個星期築基不可……不可近女色？」

「用想的我就可以聽到了，不用喊這麼大聲。」金大慢條斯理地說。

「不管，我想用喊的。」鄧山把自己摔到沙發上，怒氣未消地說。

「就是我解釋的那樣啊，」金大說：「要讓你開始培養內氣，一開始打基礎最重要了。」

「你就不能安靜一下……讓我……」鄧山自己說得都有點不好意思：「明天重新開始築基難道不行？而且築基來幹嘛？」

「你現在還忍得住，要是剛剛眞做了，明天開始忍得住才有鬼。」金大哼聲說：「你以爲我第一次和男人共生嗎？」

「其實兩情相悅的話，做不做是其次……而且語蓉似乎還不想……」鄧山洩了氣，搖頭說：「只是那種時候你在腦海中吵，實在很不夠意思。」

「不用說漂亮話了啦。」金大嘿嘿說：「看你忍不住了，我才迫不得已開口，其他時候我可安靜得很。」

這話說的也是……鄧山說：「好吧，你說說你在築什麼基。」

「築基就是打基礎囉，」金大說：「我在你睡覺的時候，幫你打通穴脈，估計要花一到兩個星期才能完成。」

「就是你早上說的？」鄧山說：「可是我除了感覺到更有精神以外，沒什麼特別的啊。上次丹田注入內氣，才幾小時不到，我就很有感覺。」

「這是完全不同的方式，」金大說：「我可以馬上示範，你就知道爲什麼要這麼久了。如果你清醒時，我們也一直持續打通的話，也許可以更快完成。」

「可以啊，」鄧山說：「你爲什麼不和我商量，趁我睡覺才胡搞？」

「我怕你囉唆啊，」金大理所當然地說：「說不定說不想練之類的。」

鄧山一怔說：「對喔，爲什麼我還要練什麼內氣？」

「你不練，怎麼去比賽賺錢還債？」金大說。

「啊？」鄧山訝然說：「你不是說，靠你就好？」

「不行啦，至少你要來得及反應，調整不同的勁力。」金大說：「高段以後，哪有時間和你用喊的？」

「這樣嗎？」鄧山皺眉說。

金大接著說：「而且喔，如果還要參加另外一種比賽，那內氣也要很高才行，所以……」

「誰說我要參加另外一種？」鄧山跳起來說：「他們又沒說缺人。」

「只是說如果啦，」金大說：「就算只比一種，內氣太差也是不行。我思考了許久，才想出這辦法，可以突破你先天上的問題。」

「總之，你還是應該先告訴我。」鄧山說。

「因爲很不好解釋嘛，」金大說：「不然現在來試試……回房躺下，全身放鬆。」

「人家練氣功不是都打坐的？」鄧山說。

「你看你，開始囉唆了吧，」金大說：「就跟你說方法不同。」

「呃……」鄧山只好回到房中，在床上平躺。

躺了片刻，鄧山發現自己全身似乎越來越暖，渾身都有點發熱的感覺。這讓他想起當初金大將內氣灌入丹田的事情，當時也是讓丹田這般暖暖的一段時間，之後金大就引了一股能量灌入，可是那時丹田的暖氣可比這時全身的暖意感覺明顯多了。

「你既然醒著，可以從丹田運使內氣出來，提高我的效率。」金大說：「不過內氣的性質，那四種都不合適，你心中將內氣揣想爲一池平靜的水面，正隨著水面上往外散開的漣漪而緩緩擺動，這個觀想之法是『波』勁。」

「我可以說話嗎？」鄧山問。

「可以，」金大說：「只要保持內氣的穩定就好，反正其他的事情都是我在忙。」

「喔，」鄧山說：「我覺得全身都暖暖的。」

「我解釋給你聽，」金大說：「因爲我正在同時開闢你全身數千個對外孔穴，分別養氣，累積到一個程度，它們會開始自行打通經脈；經脈暢通後，我們才開始練習各種不同狀態下，最適當的內氣運行方式。整個過程與傳統的方式完全相反。」

「完全相反？」鄧山問。

「這是我想出來，針對你的辦法。」金大說：「有我幫助，你不用從打坐發呆、集氣拓脈練起，你只要輕輕鬆鬆地躺著承受就好，這可是上千倍的效率啊！」

「什麼意思？」鄧山聽不懂。

「反正你也不明白正常練內氣的方法，也不用搞懂差別在哪邊了。」金大說：「我現在這種做法好處多多，只是沒人能用。」

「呃，沒人能用？」鄧山說：「你說的眞的讓人聽不懂。」

「總而言之，是因爲我天才啦!哈哈哈。」金大發現解釋起來太麻煩，決定要賴。

鄧山哼了一聲，不理他了。

鄧山不明白，正常的養氣之法，是於某一穴竅存想、凝氣、養氣，並藉以打通經脈與其他各穴竅；但單一穴竅內氣含量有限，以之貫通經脈，須日積月累，一步步突破與增長，若冒進而走岔經脈，十分凶險。金大的方式卻是全身穴竅同時養氣，當穴竅內氣累積到一個程度，全身經脈自然依序貫通。

若前一個方法，是涓滴之水累積成流；金大的方式，則是養百千水澤泛成汪洋，再將之疏導歸流。若以貫通全身穴脈爲目的，兩者效率自是天壤之別。

之所以其他人無法如此修練，是因爲養氣之時，心神務須純一專注，不可能同時存想全身千百穴竅；但擁有意識的金大卻可吸納能量，灌入鄧山全身穴竅，以外力幫他拓展穴竅，鄧山只需要保持心神沉靜即可，連睡覺都可以持續修練。普天之下與人合體的金靈，恐怕也只有金大維持意識，自然只有鄧山能以此法修練。

「這方法呢……」金大剛剛懶得解釋，但是鄧山安靜下來，他反而不甘寂寞了，拉長尾音說：「其實也不是沒有缺點。」

「喔？」鄧山說：「既然這麼高效率，有缺點其實也不意外。」

「什麼什麼！」金大說：「我是客氣，其實沒有缺點。」

「什麼呀！」鄧山好笑地說：「又胡說了。」

「我解釋給你聽，」金大說：「缺點是，因爲修練的方式並非藉著逐步突破經脈而練，所以沒有川海之別，也沒有氣海與穴竅的大小之分，在鼓氣而出發勁時，是全身穴竅同步輸出，就不像傳統練法，有經脈流轉、鼓盪累積的加成效果。」

「喔？」鄧山明白金大其實很想說，只因爲自己不懂的太多，他說說又嫌麻煩，於是鄧山不管自己不懂的部分，只應和地說：「那怎麼說其實沒有缺點呢。」

「因爲你只要鼓送內氣給我就好啦。」金大得意地說：「人體再怎麼渾然天成，總是不能變動的，金靈部分卻可以依情況構築氣脈微調到完美，這麼一來，身體部分只要專心累積內氣就好，兩邊分工合作，就是我們之前戰鬥的方式呀。」

「喔，就是我把內氣運給你，然後你調整施用的方法？」鄧山懂了。

「你別看不起這招，」金大說：「我的控制法門可是王邦頂頂有名的黑焰氣，沒幾種功夫比得上。」

「眞的假的。」鄧山笑說：「聽你說得這麼偉大，我沒看到什麼黑色火焰啊。」

「當然是眞的，黑焰也不是那個意思。」金大說：「哼，你不要偷笑，心神會不穩。」

「喔，好。」鄧山連忙恢復平靜。

「這樣才對，」金大說：「想要快點跟你的女人交配，我們就要努力築基。」

鄧山漲紅臉說：「別這樣說好不好？好難聽。」

「喔！對了，你們是一種視交配爲丟臉舉動的奇怪生物，」金大說：「我不提就是了。」

鄧山只好裝沒聽到，不過一想到柳語蓉，鄧山心裡也暖洋洋的。想了想，鄧山忍不住對金大說：「下次我眞要問問她，爲什麼會喜歡我……你知道嗎？我以前就是搞不懂，所以一直不敢眞的相信……我其實一事無成，沒什麼優點……」

「喔？」金大說：「提到這個，我倒有另一個問題想不通。」

「什麼？」鄧山有點訝異。

金大說：「你被我喊停的那時候，她說：『你心裡還牽掛著姊姊，對吧。』這句話是什麼意思？」

鄧山一怔，霎時之間腦海中晃過柳語蘭的面孔，突然從心底深處湧起了一股無以名之的異樣情緒。

異世遊

你今晚要交配嗎？

又過了三日，這幾日，鄧山只有晚餐出門和柳語蓉一起用餐……這樣暫時只在外面碰面，自不容易心猿意馬、難以收拾；而在公共場合碰面，雖不能太過親暱，但偶爾捏捏小手，摟摟纖腰，兩情相悅下，卻也是濃情蜜意無限。

不過，除了第一次，鄧山需要金大幫忙煞車之外，後來漸漸習慣了，也不至於這麼容易「衝動」。畢竟過去二十餘年，鄧山從未與異性如此接觸，一開始身體的反應太過強烈，不很令人意外。

才剛升大二不久的柳語蓉，課程與社團活動都不少，平時不會纏著鄧山；反而鄧山知道柳語蓉追求者眾，心中難免有幾分放不下，但又怕被柳語蓉譏笑，也不好多問柳語蓉的交際細節。

除約會之外，其他時間在金大努力下，鄧山就這麼閒閒沒事躺著度過。有時鄧山會運使內氣協助，有時累了，就隨金大自己努力，鄧山則打起瞌睡，又或者胡思亂想，隨性而爲。

除了思念柳語蓉之外，鄧山這幾日最放不下心的，就是那身受重傷的曹姓學生。鄧山自知，若非自己不想多事，當時可以阻止這種慘劇發生，因此他頗爲內疚，但又想不出自己能對那位年輕人做什麼補償。

也許可以去醫院探病……鄧山心中一動，對金大說：「今天暫停一下別練如何？我去看看那個年輕人。」

「去看可以啊，但是等一下，」金大說：「快好了。」

「快好了？」鄧山訝然說：「不是才三天？」

「因爲好像攔不住了，那就先這樣，在有預備下促使它發生，比意外開始要好點……你全身放鬆，準備著，」金大說：「等等可能會有一點衝擊。」

「什麼？什麼？」鄧山莫名其妙地問。

「放鬆就對了。」金大說。

鄧山只好放鬆身軀，一面好奇地體會身體的狀況。如今他的身軀和三天前已經頗不相同，當時是感覺到全身籠罩在一片暖意之中，如今卻似乎感覺到無數的小點，每一點裡面似乎都有微麻微涼彷彿電流竄走的感覺。有的量多，有的量少，有的在某一點中，彷彿呼吸一樣有規律地顫動著，有的點和點產生了連結，一絲絲冷暖電流在其間來回穿行。

金大在做什麼呢？鄧山難得注意到金大的動作，卻感覺到金大似乎正注意著特別的一些穴竅，雖然還是很多，卻不是全身，好像……一半左右？人類和金靈分心的能力天生不同，鄧山無法同時看出金大注意著哪些穴竅，只能判斷出大概而已。

就在此時，金大說了聲：「我要開始囉，放鬆不要動。」

鄧山說：「喔。」

此時，金大突然急納天地之能，就針對著他所留意的穴竅灌入，只一瞬間，鄧山身上超過一半的穴竅同時漲滿了能量，跟著各穴竅彼此牽引，一個接一個地串接而起，彷彿山洪爆發一樣，由點而線的，一條條自動串起經脈，內氣在其中緩緩穿流著。而金大更是不斷引入內氣，使那流動的內氣越來越豐沛。突然，鄧山感到耳中轟地一聲巨響，全身一震，身上所有穴竅彷彿各自找到了歸屬，一道道經脈倏然間組成各種各樣的通路，自成脈絡巡行。

霎時之間，鄧山竟不知道體內到底有多少經脈同時在迅速流轉，無論是身前身後、手足軀幹、頭胸腹內臟，都有內氣奔騰而過，有的經脈互相銜接、交錯、纏繞，也有的獨自運行，和其他經脈涇渭分明。

一、二……十四、十五……二十。鄧山數著，比較明顯而龐大的似乎就有二十條左右，若有若無的網狀聯繫更是數之不清，在這些內氣流轉之下，身子好像輕飄飄的，似乎要往上方浮了起來；而且不只如此，全身彷彿每個細胞都十分歡樂，充滿了無窮精力，鄧山幾乎想要跳起來大喊大嚷。

「別動！揣想著內氣，想像它們就像水銀一樣，沉密厚重又能任意流轉，一面降低流動的速度。」金大突然說：「這是『凝』字訣。」

水銀啊……鄧山心思一動，內氣馬上隨之變化，逐漸凝縮，沖激速度也跟著緩了下來。

「好啦，」金大說：「現在你不用花心思，它就會自動流轉了，站起來走走看，動作慢點。」

鄧山坐起、站起、走動，果然覺得身子好像很輕，無論是走動還是揮舞手臂，身體的每一個動作彷彿都是心念控制，只一想，就成了，似乎無須施用任何力道。

「你內氣已經穩凝了，」金大說：「以後就是隨著經脈自動流轉，逐漸增長修爲。只要我沒事，也會不斷從全身鼓入能量，幫助你凝縮與累積，這樣比起自己靜坐的效率高很多。」

「喔？」鄧大很不習慣，扭扭身體，點地飄出客廳，跳上沙發，感覺自己好像個氣球人一樣，很難穩穩站著。

「想像你自己是一棵松樹，伸出根牢牢抓著地面。」金大說：「這是穩字訣。」

鄧山一笑說：「那想像自己是個大石頭不是更穩嗎？」

一面說，鄧山一面揣想，只這一剎那，沙發轟地一聲被踩破一個大洞，鄧山整個摔了下去。

這一摔，鄧山氣息一亂，內氣又恢復了原來輕飄飄的特性。鄧山灰頭土臉地爬起說：

「怎……怎麼回事？」

「想像成大石頭，是沉字訣，你忘了大石頭在你自己心中的份量。」金大悠然說：「我來不及阻止你，不能怪我。」

「呃……」鄧山看著已經毀掉的沙發，抓頭說：「這些體用字訣怎麼這麼多。」

「其實要列出來，幾十幾百種都有，學不完的。」金大說：「但是換個角度說，其實就是看你自己需要而想像，內氣自然就會與之呼應，產生相似的性質；簡單來說，是不是能讓內氣變化多端，就看你自己的創意了……但是要注意，不能違逆內氣本身的性質，否則事倍功半，浪費內氣。」

「怎麼說？」鄧山說：「我自己的內氣是什麼性質？」

「你因爲練法特殊，沒有特別性質，什麼性質都可以展現，但也都不算特別精通。」金大說：「不過，如果藉著我的軀體，使用黑焰氣心法外發的話，此時性質就偏向剛烈炎陽，就不適合往陰柔冷寒的方向去揣想。」

「喔……」鄧山想了想說：「只三天就練好了？」

「不是練好，是築基完成。對了，你想交配可以去了。」金大說：「適當的交配對身體不錯，我還可以幫忙喔！」

「我不是問這個……什麼你可以幫……」鄧山漲紅臉說：「不要胡說八道，我……我才不要你幫忙。」

「又在害羞了，」金大說：「放心啦，我會裝死啦。只是你不要忘了，金靈部分你也是可以控制的，所以你只要發揮一點想像力……」

鄧山忙叫：「夠了夠了，我靠自己就好了，多謝你的好心。」

「眞的不用嗎？」金大無所謂地說：「哎呀，反正你還年輕，所以看不起我，等你年紀大了、力不從心的時候，就一定會……」

「住口！」鄧山只差沒腦充血，忙說：「我是要問，你不是本來說兩星期，怎麼這麼快。」

「喔，原因有兩個。首先，本來是計畫在你睡覺才通穴的，這幾天白天也練，加上有你幫忙，快了不少。」金大說：「至於第二個，我本來是打算讓全身穴脈一起打通的，但是刺激到一個程度，這些主經脈穴竅因爲太容易串連，忍不住快要自動打通了，只好加一把勁先處理掉……以我原來的目標來說，現在只算打通了一半，不過因爲經脈已通、內氣已固，所以築基部分也算完成了。」

鄧山明白了，於是點頭說：「那我們去探病吧。」

記得新聞有提到，病患是被送到先德大學附近的誠孝醫院，那是規模不小的私人醫院，不過鄧山卻沒來過。他到醫院前，停了機車，走入門診大樓，裡面或坐或站的，一個大廳居然滿滿的都是人。醫院老是這樣……鄧山望了望，心中頗有點爲難，不知道該怎麼詢問那人的病房？自己連他全名都不知道呢……

鄧山在大廳徬徨地看了一下，正有點後悔自己這麼孟浪地跑來，卻看到一群青年男女正有說有笑地走入。鄧山目光一亮，認出其中一位，正是那天打球時與自己同隊的球友，而且他還認識那名傷者。

那年輕人發現鄧山正望著自己，一時似乎沒想到鄧山是誰，不過他也覺得鄧山似乎挺面熟的。看呀看的，年輕人才突然想起，連忙走過去說：「耶？你不是上次那位大哥，怎麼在這兒？」

「你來看那位……阿吉的嗎？」鄧山忙問。

「對啊，」年輕人往後揮了揮手說：「我們都是同學，一起來看他。」

年輕人的同學們此時聚了過來，有些好奇地望著鄧山。

年輕人連忙介紹：「這是上次一起打球的大哥，阿吉的事情就是他報警的喔。」

「喔！」眾人一臉佩服地望著鄧山，鄧山卻十分尷尬，報警是應該的吧，有什麼好佩服的？

「我也是想來看看他的，但是我不知道他的名字。」鄧山說：「可以帶我去嗎？」

「當然當然。」年輕人說：「阿吉他爸媽很感激你的。」

「只是小事而已。」鄧山尷尬地說。

「走吧，他在外科病房。」年輕人說。

「他身體如何？」

「已經清醒了，病情也穩定很多。」年輕人笑容斂起說：「不過左腿受傷很嚴重，現在還不知道能不能完全恢復。」

聽到這句話，鄧山心頭壓力更重了。

到了病房，病房中除了鼻青臉腫的阿吉之外，只有他年約五十、看來十分樸實的母親陪伴著，知道鄧山的身分是「報警者」，也是不斷地千恩萬謝，讓鄧山好生尷尬。

反而阿吉倒是沒說什麼，只在母親曹太太逼迫下，隨意地向鄧山道了個謝，其他大部分時間都和男女同學嘻嘻哈哈地開玩笑，似乎一點也不在意這次的傷害。

自己在這兒好像有點多餘，鄧山正準備向阿吉母親告辭，曹太太的手機突然響起，鄧山只好再等待片刻。

「真的嗎？抓到了？好，好，我會去問醫生。謝謝你。」曹太太掛了電話，高興地說：

「警察說，抓到三個嫌犯，問阿吉能不能離院指認，我去問醫生……」

「指認什麼？」說話還有點不清楚的阿吉說：「不用了。」

「你怎麼這麼說？」曹太太生氣地說：「他們把你打成這樣！」

「混混的事情，就要用混混的方法處理。指認？」阿吉哼了一聲說：「我還想把大學念完呢。」

「那……你要怎麼處理？」曹太太說：「你又要找那些朋友？不准！警察會保護你的。」

「保護我？幫我收屍還差不多。」阿吉嗤之以鼻地說：「道上有道上的規矩，我要是真的去指認，反而變成我理虧了。」

其他人看曹家母子爭執起來，都覺得有點尷尬。那些年輕人找到一個空檔，向曹家母子告辭。鄧山也趁勢告辭時，阿吉卻說：「鄧大哥，你等一下好嗎？我還有事情要問你……媽，妳幫我送一下大家。」

鄧山一怔，只好留了下來，當只剩下阿吉和鄧山的時候，阿吉才說：「鄧大哥，因爲是你報案的，警察可能也會找你去指認，聽我的，你別去指認喔。」

鄧山剛剛聽到他們母子的對話，大概明白阿吉的用意，他頓了頓才說：「我沒親眼看到他們施暴，指認大概也沒用。」

「反正就是這樣啦，」阿吉抓抓鼻孔說：「我是很謝謝你啦，但是你看來是老實人，不要惹上身，這件事情我會找我大哥處理。」

現在的學生似乎不像以前單純了……鄧山嘆了一口氣說：「你打算怎麼做？」

「跟他們拿一筆醫藥費吧，」阿吉說：「我大哥說太多人了，而且他們上面也還有人，通通叫出來打一頓，會把事情鬧大……媽的，反正我知道他們是混哪邊的，以後有機會再慢慢算。」

「他們混哪邊的？」鄧山好奇地問。

「只是些不入流的小混混啦。」阿吉說：「你問這幹嘛？」

鄧山也不知道自己問來幹嘛，難道去砸場子嗎？只好聳聳肩說：「沒什麼。」

「那就沒事啦。」阿吉說：「聽阿傑說，鄧大哥你打籃球技術不錯喔，以後有機會一起玩。」

「喔，好……你好好養傷吧。」鄧山正要告辭，卻看到阿吉臉色一變，同時身後傳來聲音：「就是他，幹。」

鄧山轉過頭，見到三個年輕人，他們穿著流裡流氣，口嚼檳榔、足蹬拖鞋，腦袋上還頂著鄧山很熟悉的亂草頭，這些人似乎比阿吉還年輕，看來只有十幾歲。

是當時那些人嗎？老實說，每個人髮型都一樣醜，鄧山認不大出來。

「小子。」其中一個往前兩步，踢了病床一腳說：「媽的，上次挨打得爽不爽啊？」

「幹，你們來幹嘛？」阿吉一點也不客氣。

「我們兄弟被條子抓去了，」那人說：「所以我們特別來向你問候啊。」那人一面說，一面伸手抓過點滴滴管把玩。

鄧山終於忍不住，在那人推動點滴旋鈕的前一剎那，出手輕推開那人的手說：「這種東西不能亂玩。」

怎料這一推，那人居然往後踰踉地跌了三、四步，直撞到另兩人身上，三人只差沒同時跌倒。那兩人吃了一驚，推那人一把說：「你幹嘛？」

「幹……你……你……推什麼。」被推的那人卻吃驚到罵人都有點口吃。

鄧山在心中訝然說：「金大，別這麼用力。」

金大卻說：「我沒出手，是你自己推的……你內氣已固，氣隨意出，不能太用力。」

「嗄？」鄧山吃了一驚。

「鄧大哥，不關你的事情。」阿吉也吃了一驚。

「幹，你想打架是不是？」那人站直了身軀，色厲內荏地對著鄧山喝罵。

「等等，」阿吉大聲說：「你們放心，我不會去指認你們兄弟，我大哥黑熊會和你們老大談這件事。」

「你大哥是溫黑熊？」三人似乎吃了一驚。

「大家都是在道上混的，就用道上的方法解決。」阿吉豪氣干雲地說：「我不會向警察告你們的，放心吧。」

聽到這串話，那三人反而好像更不安心，三人面面相覷片刻，似乎覺得這麼虎頭蛇尾離開又不大對勁。那個被推的人掙扎了半天，望著鄧山說：「你也是黑熊哥的人？」

「我不是，」鄧山搖搖頭說：「我是來探病的。」

「那你出來！」那人膽子又大了起來。

「幹！跟你們說不關他的事了。」阿吉說。

「沒關係。」鄧山覺得自己好像根本就來錯了，總不能現在還靠「黑熊哥」的名號混過去吧？鄧山對阿吉說：「我先走了。」

「鄧大哥？」阿吉有點訝異。

鄧山不再多說，笑著揮了揮手，走出了病房。

經過那三人的時候，其中一個人伸腳掃過，另一個人出手推了一把，但在鄧山眼中，那些好像慢動作一般。他微微側身，瞬間稍微加速，就彷彿流水一樣滑了過去，走出門口。

「打架打架！」金大已經嚷了起來：「我來！」

「你來就你來，」鄧山放鬆了身體說：「不要傷人。」

「好。」金大答應之後，驀然一個側身旋踢，把那個正拿著夾報棍準備偷襲的傢伙踢飛出去，直滾到護理站前，惹得一堆小護士哇哇亂叫，而另外兩個混混當場呆住，不敢再往前。

「欸，這樣叫做不傷人啊？」鄧山也知道身後有人偷襲，但沒想到金大會把人整個踢飛。

「保證只有下巴脫臼和一點皮肉之傷。」金大得意洋洋地說：「撞昏是因爲地形，不干我事。」

「我們兩個還需要好好溝通一下……」鄧山搖頭說。

「他們好像不敢上了？」金大舉起鄧山的右手掌，對著發呆的兩人往內勾了兩勾。

「你還挑釁……」鄧山忙用左掌抓住右掌，對著那兩人乾笑說：「這是開玩笑。」

「你……你給我記住。」那兩人連忙裝出一副擔心同伴的模樣，同時搶到朋友身邊查看。

看來沒事了，鄧山轉過頭，循路走出醫院，一面準備花時間和金大好好溝通一下有關「傷人」的定義。

剛發動了機車，身後突然傳來砰地一聲巨響，以及刺耳的輪胎摩擦聲。鄧山吃了一驚，轉過頭，卻見身後不遠的十字路口，一台救護車被另一台小貨車撞個正著，救護車側翻了一圈，小貨車車頭扁了下去，窗戶碎裂，裡面的駕駛正慘呼著，而救護車的警示器還一面旋轉，一面響個不停。

還好這發生在醫院前面，急診室裡衝出醫生護士，開始處理，周圍人群也圍了過去，一面吱吱喳喳地討論。

「發生什麼事了？」

「是救護車闖紅燈時，那貨車沒讓，直衝過路口。」

「看到救護車也不讓，眞是……」

「貨車司機也受傷了。」

救護車上面的人很快被扶入醫院，但貨車上的人卻不知道爲什麼，旁邊圍著一大圈人都似乎束手無策。

「可能被夾住了。」鄧山在心中說。

「要去幫嗎？」金大問。

鄧山想了想，搖頭說：「他自找的，反正頂多斷兩條腿吧……」

「那人只是可能殘廢，你就擔心好幾天；這人可能斷兩條腿，你倒不在乎了？」金大不懂。

「你說的也是……」鄧山爲難地說：「可是這麼多人，要怎麼幫？」

「就過去扳開，然後走人就好啦。」金大輕描淡寫地說。

「先過去看看好了。」鄧山走近人堆，以柔運勁，輕巧地從縫隙中擠入人圈。果然一個醫生正在診治傷患，一面有人用工具扳動著扁下的車體，但稍微移動，那司機就連連慘呼，似乎十分疼痛。

「我也不敢去動。」鄧山對金大說：「不知道裡面壓得怎樣了。」

「他喊痛，是因爲又彈回去了，」金大說：「持續而緩慢地拉開就好了。」

「我拉得動嗎？」鄧山說。

「不知道，我來好了，你運點內氣給我。」金大說。

「你動作不要太引人注目。」鄧山千萬交代。

「知道了，你過去叫那人讓開。」金大說。

該怎麼叫他「讓開」？鄧山走近兩步，還沒想出該怎麼說，那人正弄得滿頭大汗，皺眉起身往外望，似乎在看支援的人到了沒，剛巧看到鄧山走到旁邊，他斜看了鄧山一眼說：

「別過來礙事，退開點。」

「你這個角度不對，」鄧山胡言亂語說：「我來試試。」

那人一怔，訝然退開兩步，將手中的工具一遞說：「你會弄？別亂來喔。」

那工具是類似油壓剪之類的東西，適合剪斷東西，但是看起來好像不大適合撬開東西。

鄧山搖搖頭說：「不用了。」

鄧山放鬆身體，運出一部分內氣，對金大說：「快吧，速戰速決。」金大接管身軀，帶著鄧山一跳，攀到那已經被拔掉的正面窗口，左手一頂車頂，右手探入下方金屬板，力道微微一發，緩緩把那整片內凹的車頭鋼板往外拉。

站在一旁的醫生吃了一驚，往後退了兩步；本來唉唉亂叫的司機似乎也呆掉了，傻傻地看著鄧山那雙手，眼睛睜得圓滾滾的。金大直拉開了約半公尺的寬度，這才跳下車體，將控制權還給鄧山。

剛才退開的那人走過來，伸手拉了拉鋼板，訝異地瞪著鄧山，其實不只是他，周圍每個人都用奇怪的目光看著他。

鄧山望見四面眾人呆望著自己的模樣，大感不妥，只好拍拍手掌，乾笑說：「剛……那個角度剛好比較好用力……快送他去醫院吧。」

醫生首先回過神來，連忙吆喝著把司機運下車，用擔架送入醫院。這陣亂中，鄧山忙鑽出人群，騎車回家。

一路上，鄧山心情不錯，今天遇到事情，總算直接上去幫忙，不然說不定回家又後悔了，這還多虧了金大。

剛走回家裡，就看到那個踩爛的沙發，鄧山思忖著，也許該和柳語蓉約個時間，一起去買些新的家具，把這些當初暫時湊數的東西換掉……而且……或者該叫她乾脆搬來這兒了？想到這兒，鄧山的臉有點發紅，心中有些歡喜。

望望時間還早，柳語蓉應該還沒下課，鄧山打開電視，隨意翻看著。看著看著，恰好轉到一台新聞台，播報了下午那場車禍的事故，鄧山提起注意力，從頭聽到尾，很慶幸地，記者完全沒提到自己的出現，重點主要放在和救護車爭道的問題上。

看樣子，今天還不算太顯眼，鄧山安心了點，又轉去體育台，讓金大看各種高水準的體育競賽。

突然，屋中響起一聲很不熟悉的怪響，鄧山訝異地四面張望，尋找聲音的來源，找了半天，才發現是當初康倫留給自己的手機。

他們要找自己了？鄧山遲疑了幾秒，還是拿起手機接聽。

「鄧山？」傳來康倫的聲音：「我們組織在王邦那兒的人幫你找到師父了，聽說他本來不收你的，因爲聽說你是天才，加上我們這次優先賣了一隻金靈給和他有關的世家，所以特別破例讓你加入。」

「這……」其實自己不是天才。鄧山嘆口氣說：「要去多久？」

「半年到一年吧，也有人更久的。」康倫說：「這可是名師喔，要他認可才能出師。」

「你們要我去那個世界這麼久？」鄧山吃驚地說：「那我這邊的事情怎麼辦？」

康倫似乎沒想到這麼多，他想了想才說：「我們平均每個月至少會派人來抓金靈一次，那時候你就請假回這世界吧？」

「這樣的話，也許還好……」鄧山說。

「那就這樣決定了，明天下午你到裡冷別墅，啓動空間機器過來，我在這邊等你。」康倫接著便把啓動空間機器的方式教給鄧山。

掛斷了電話，鄧山有點鬱悶，明天就要去了……這兒還有好多事情要處理，首先當然是要告訴柳語蓉，還有在南投的家人，另外這房子的一些費用也要安排……如果以後自己每個月只能回這世界三天，那給自己那麼多薪水有什麼用？根本沒時間花。

鄧山正鬱悶，金大此時突然插口說：「應該不用去這麼久。」

「什麼？」鄧山莫名其妙地說。

「不管是什麼名師，能教你什麼我不會的？」金大說：「關於如何操控金靈，難道有人類會比我更清楚？」

這話大有道理。鄧山說：「那我們就別去訓練了呀。」

「可是我想去王邦看看，一方面，說不定那名師有什麼其他東西可以學學。」金大期待地說：「另外，我想起了一件事情，有點掛念，可以去一趟嗎？」

「喔……」鄧山想到金大幫自己這麼多，他難得提出一點要求，自己能辦到的話，還是儘量幫他好了，於是說：「好，就去一趟。」

「太好了，」金大高興地說：「多謝多謝、感激感激。」

「不用客氣。」鄧山說。

「那……」

「嗯？」

「既然明天就要走了……你今晚要交配嗎？」

「混……混蛋！你一定要一直提這件事情嗎！」

□

當晚，鄧山並沒有完成金大的期望，畢竟第二天就要遠去異世，要忙、要交代的事情還很多很多；而且這一去實在有點吉凶難測，萬一回不來，豈不是對不起人家？所以，鄧山根本沒對柳語蓉提起這件事情。

鄧山單是對柳語蓉解釋，自己將去一個外海小島出差，而且那兒無法用電話、電腦聯繫，就吃足了苦頭，更何況還不知道會去多久。後來柳語蓉雖然氣呼呼地不追問了，卻還是半信半疑的。直到鄧山把住家備份鎖匙，以及機車都交給了她，柳語蓉才完全相信，進而開始擔心鄧山是不是要去危險的地方，這又讓鄧山傷透腦筋，安慰了許久。

南投的家人反而比較好哄騙，鄧山簡單打發掉了，反正老爹也不大會與自己聯繫，不太可能被拆穿。

次日，鄧山在一切收拾妥當後，帶著包裹爬上頂樓，左右張望了片刻，確定沒人看著自己，這才把上衣脫了塞入背包，並將背包懸掛胸前綁緊。然後才猛地一躍，展翅騰空，直飛中橫。

此時的鄧山，和數日前的鄧山可是大不相同，他不只提氣輕身，更運足內氣提供金大振翅。既然能量夠用，金大把翅膀張得老大，巨翅幾個揮動間，就帶著鄧山騰起老高，連上升氣旋都還沒找到，就開始加速了。

一般來說，台中開車去裡冷部落，至少也要半個多小時，更別提還要一路開到深山中的別墅；但是如果用飛的，眞的只是幾分鐘的時間而已。鄧山很快地飄落在那山區中的古怪別墅旁，走入屋內，穿上上衣，使用傳送工具。

紫光閃過之後，不待鄧山開門，那金屬門自動打開，康倫高興地走出來迎接鄧山說：「太好了，眞的來了。」

「你本來以爲我不會來嗎？」鄧山好笑地問。

「也不是啦。」康倫苦笑一下，引鄧山入內，一面說：「張達者你見過了。」

「張達者？」鄧山望見張允，很高興地走過去說：「原來是張允老伯！您還好嗎？」

「還好還好，你也好。」張允乾笑著點了點頭。

「達者，是對學問很好的人的尊稱，類似你們世界的博士、學者的意思。」一個柔美的女子聲音冒了出來。

鄧山轉過頭，見到一個看似三十餘歲的婦人，她長相嬌美，肌膚白嫩，神情端莊而華貴，充滿成熟的風韻。她服裝模樣和康倫類似，但是除了重點部分外，大部分都是半透明的紗質，不僅將完美的體態展現無遺，若隱若現的皎白肌膚更讓人不由得多看兩眼。

「這位是芝姊，」康倫忙著介紹：「你在王邦的期間，芝姊負責照顧你。」

「芝姊您好。」鄧山沒想到他們會介紹個美婦大姊照顧自己，頗有點意外。

「我叫袁婉芝，其實不只王邦，你在這世界的一切，暫時可能都由我照料。」芝姊微微一笑，目光掃向康倫說：「我算是康倫的長輩；找我來負責你的事情，有個特別的原因……我和你一樣，來自那個世界。」

鄧山吃了一驚，原來還有其他人來到這兒定居？

「是。」康倫不知爲何，笑得有些尷尬說：「芝姊最適合了。」

袁婉芝沒理會康倫，繼續對鄧山說：「所以有些事情，我可能會比較清楚該怎麼解釋，不過，我也二十多年沒去那個世界了，一些新的用語也不大清楚。」

「喔，我明白了。」鄧山心中暗算，二十多年？就算她來的時候二十歲，也四十多歲了，說不定快五十了，這可一點都看不出來，這女人還頗駐顏有術的。

「我們走吧。」康倫說：「到王邦首都奔雷城去。」一面登上飛艇。

鄧山禮讓袁婉芝先行，袁婉芝卻向旁一指說：「這包是我幫你準備的，先拿一套衣服出來套上，手錶之類的也拿掉，別穿這一身古怪模樣去王邦。」說完轉身，娉婷登上飛艇。

鄧山取過地上的衣包，拿出上下兩截類似康倫穿的衣服，胡亂套上時，張允靠了過來，低聲說：「鄧小兄弟，別得罪那女人喔。」

「喔？」鄧山微微一愣，張允已經一推他說：「快去吧，別讓人久等了。」

鄧山只好抱著一肚子疑惑，提起衣包，往飛艇上走。

異世遊

謊話冠軍

不久後，康倫駕駛著飛艇，高速直往西方飛；鄧山則和袁婉芝坐在安排好的座椅上，有一句沒一句地聊著。袁婉芝說話的時候，頗有點不客氣的味兒，但是感覺上又似乎不像是看不起人。說她直爽呢，又覺得不大像，態度上，一句句彷彿有點不大用心地隨口而出，但實際上內容卻又直接簡單很少廢話，一時之間，很難去界定她的個性。

「這兒和我們那兒不一樣，世界除一些大小島嶼之外，主要只有一個大陸，叫盤種大陸。」袁婉芝說：「大陸的東南方，有一塊廣大的平原地區，這個地區裡，東北是神國的區域，西南是王邦諸國，東南一個方圓約五百公里的平原到沿海，就是南谷大鎮自治區，主要是以南谷大鎮爲中心；神國範圍最大，南谷自治區最小，而這三個政治體加起來的區域，只是這個大陸的十分之一左右。」

「只剩下一個大陸？其他的呢？」鄧山訝然問。

「嗯，沒人跟你說過嗎？」袁婉芝想了想才說：「這個地球，不是你那個地球。」

這倒是聽金大簡單提過，但還是裝傻比較好，而且金大解釋得也不清不楚的，鄧山便搖頭說：「我一直不知道這世界是哪兒。」

「這麼說好了，」袁婉芝想了想說：「這兒的數千年前，和你那個地球很像，但是像歸像，卻不同。」

「怎麼說？」鄧山問。

「如果沒開闢空間孔的話，可能就都一樣了，不過誰也不知道。」袁婉芝說：「空間孔開闢之前的歷史，兩邊幾乎是一樣的，所以當初到那兒的人，以爲不是空間孔，是時間孔；但是，後來隨著時間過去，發現兩邊歷史越來越不同，而且差異越來越大，才知道似乎是到了另一個很像的世界。」

「喔……」鄧山深深點頭。這美女大姊說的可比金大清楚多了。

「這些不很重要，大概知道就好了。」袁婉芝拉回話題說：「神國和王邦是敵對狀態，南谷自治區則是中立的。」

「兩邊在打仗？」鄧山訝然問：「爲什麼呢？」

「只是敵對，沒打，但說不定什麼時候會打……」袁婉芝說：「原因很簡單，神國信神，舉國都是神使，認爲不修神法，修練內氣是錯的，藉著金靈修練更是瀆神；王邦的立場完全不同，他們排斥修練神法的人，認爲神其實是騙人的，人類應該自己修練才對，只要存夠了錢，幾乎都想買金靈幫助內氣修練。」

這麼嚴重的分歧，難怪會快要打起來，鄧山愣了愣說：「那……南谷這邊呢？」

「我們喔……」袁婉芝說：「這兒本來只是想做生意的商人，找個兩不管的地方偷偷做兩面生意，結果聚集了越來越多人，後來才成立了自治組織。簡單說，南谷這兒，兩方都不想得罪，也不在乎所謂的神是對還是錯，不過比例上，修練神法的人還是比練內氣的多，因爲金靈很貴，如果不用金靈，修練內氣很難，不如直接練神法。」

鄧山點頭說：「原來如此。」

「讓你知道這些，是讓你心中有個底。」袁婉芝說：「到了王邦，可能會聽到一些批評神和神使的觀念，聽過就算了，別太認眞，也別說些找自己麻煩的話，知道嗎？」

「我明白。」鄧山說。

「很好。」袁婉芝點點頭，沒再說話。

「這世上……」鄧山忍不住問：「眞有神啊？」

「有。」袁婉芝點點頭，似乎不打算繼續解釋。

鄧山也不好多問，只好閉嘴。

又過了一陣子，前方的康倫似乎正以對講機和王邦那兒聯繫，雖然頗多鄧山聽不大懂的這世界專有名詞，但大概可以知道，康倫似乎正準備降落。鄧山不禁有點意外，王邦不是挺遠的嗎？這麼看來，飛艇飛起來還挺快的。

一陣微微的晃盪之後，康倫回過頭說：「芝姊，到奔雷城了。」

「好。」袁婉芝站起身，對鄧山說：「走吧。」

鄧山隨著袁婉芝走下飛艇，抬頭一望，怎麼好像變成中午了？這是飛過了幾個時區？低下頭，眼前是一大片空地，在這附近，整齊地畫了數百個比飛艇稍大一點的圓圈，圈中還有不同的數字。有近半的圈圈上面，停著各種造型的飛艇，許多人出出入入的，更有許多車輛在圈與圈之間的道路上移動。

更遠些的地方，似乎還畫著更大的圈圈，圈與圈之間的距離也拉得更遠，也許還有更大型的飛艇會在那兒降落？看來這該是……類似機場的地方。鄧山回過頭，卻見康倫在飛艇上揮了揮手，居然關上門，啓動飛艇離開了。

「他走了？」鄧山吃了一驚。

「因爲這兒不歡迎神使。」袁婉芝說：「跟我來吧，我們去辦入境手續。」

這麼說來，袁婉芝是修練內氣囉？難道她和自己一樣，有和金靈合體？

「應該吧。」金大突然說：「如果沒有金靈，想練到這種程度不容易。」

「喔？」鄧山漸漸習慣了金大的個性，他雖然有點小孩個性，看到喜歡或有興趣的事情會雀躍不已、吵鬧不休，但是平常時間其實大多十分安靜，除非感覺到自己需要他幫忙回答問題，否則他可以整天都像消失了一般。

想到這兒，鄧山不禁有點好奇，詢問金大說：「你不說話的時候都在做什麼？」

「想事情啊。」金大說：「有很多很多事情可以想。」

「等等……」鄧山突然覺得不公平：「爲什麼我想事情你都知道，你想事情我卻不知道？」

「唔……」金大似乎沒想過這問題，想了想才說：「大概因爲金二吧。」

「怎麼說？」鄧山問。

「你的想法，金二會接受到，因爲我和金二還沒完全分開，所以我會知道。」金大說：「一樣的，我的想法，也會讓金二接受到，可是對你來說，金二的意識是潛藏的，所以你接收不到。」

「所以你刻意對我說話，我才會聽到囉？」鄧山這才明白。

「對，」金大突然笑說：「不然你就慘了，你和我們金靈不同，不怎麼能一心多用，如果眞的聽得到我每一刻想法的話，豈不是吵死你？」

「這也有道理……」鄧山換個問題說：「那你都想什麼，比如我的練功方法嗎？」

「一部分，」金大說：「過去我和人類生活了數百年，但因爲意識潛藏，有點類似半夢半醒的狀態下，旁觀者似地被動接受訊息，雖然我都記得，但很多東西仍須經過思索才能了解，這都需要時間，你練功方式也屬於這部分。」

「哦？」鄧山說：「聽起來挺花工夫的。」

金大可有點得意了，跟著說：「這部分，大多是因爲和你合體之後，你有實際上的需要，我才去思索……而當初我自由的時候，更多時間思索的是天地宇宙萬物的變化，還有萬物存在的原因、目的、角色，尤其是我們金靈。」

這題目好像有點太偉大了……鄧山在心中愕然說：「有想出什麼結論嗎？」

「想不通。」金大說：「天下之間，有靈性的都會老死，並藉著繁殖而存續、演化；只有金靈不是這樣，我們不會死，但卻可以繁殖，要不是人類不斷撲殺和捕捉我們，久而久之，世上豈不是到處都是金靈？」

「唔……」世上到處都是金靈是怎麼個模樣？鄧山頗難想像。

「又或者，世界漸漸有了改變，無法演化的金靈不能適應，豈不是就此滅絕？」金大又說。

「怎樣的改變會讓金靈滅絕？」鄧山訝然問：「我覺得你們怎樣都活得下去……又不用呼吸，又不用吃飯，靠吸收能量就可以繁殖……」

「這……我也不知道。」金大說：「重點不是那個，是我們不會演化！很奇怪！」

「好吧好吧。」鄧山說。

「而且喔……」金靈又說：「我們不會與其他生物合體，只會與人類共生；共生時，不只幫助共生者提高相當的能力，自己的意識又自動消失，感覺上，好像是專爲人類打造的附屬生物一樣……你們那個世界沒聽說過金靈吧？」

「沒有。」鄧山說。

「說不定是這幾千年中，有人創造出我們這種生物的。」金大說。

「眞的嗎？」鄧山說：「那可眞了不起。」

「如果有這種能力的，應該是神吧？」金大又說。

「嗯？是嗎？」鄧山不明金大此言何意。

「但是神又說我們是瀆神生物，下令除去我們。」金大說：「眞奇怪。」

「這兒的神是怎樣的？」鄧山一直想問。

「這可說來話長了，」金大說：「唔……那女人在叫你。」

鄧山回過神，這才發現袁婉芝正有點不滿地望著自己說：「發什麼呆？」

「對不起。」鄧山忙說：「芝姊什麼事情？」

「來這兒做資料記錄。」袁婉芝一指前方說：「那是生體掃描區。」

鄧山四面一望，這才發現剛剛一面和金大聊天，一面無意識地跟著袁婉芝走，居然到了一個好大的大廳，大廳中雖有數百人來來去去，但是卻因爲空間太過龐大，反而顯得十分冷清。眼前有個頗似公共電話亭的透明直立方格，袁婉芝正是叫鄧山進入其中。

「生體掃描區？」鄧山疑惑地念了一句。

袁婉芝似乎懶得每句話都解釋，只揮了揮手，要他進去。

鄧山只好走入，門關了起來之後，一道白光閃過，接著又是一道紅光閃過，鄧山以爲結束了，最後卻還來一道緩慢的藍光。都結束之後，門才開啓，鄧山疑惑地走了出來，袁婉芝扔下一句：「等等。」跟著也走了進去。

可能是檢疫之類的東西？鄧山正胡亂猜測，袁婉芝也完成掃描，踏出了那方格，她領著鄧山，往另一區有三、五人排隊的地方等候，據她說，要在那兒通關並取得身分憑證。

輪到鄧山的時候，一樣由袁婉芝負責和通關人員對話，對方倒是沒怎麼留難，很快地完成作業，發給兩人一人一枚戒指。袁婉芝左手戴上戒指，一面交代：「只要還在王邦，你就記得都要帶著這個，也不要損傷了，這包含個人資料、身分認證與資產運用。我先轉了五百金幣進去，方便你扣款與臨時支用，可別亂花。」

「好。」鄧山看看那神通廣大的戒指，上面似乎只鑲嵌著一片閃耀著美麗光芒的扁形紅寶石，實在看不出具有這麼多的功能。

走出這龐大建築物，袁婉芝突然說：「走快些，跟上。」一面點地騰起，往前方飄去。

要是早兩日，鄧山要跟上袁婉芝，一定得靠金大幫忙了，不過現在鄧山內氣已有小成，就算不靠金大，這樣的速度也難不倒他，背著兩個包包的鄧山，輕鬆地追在袁婉芝身後不遠奔行。

袁婉芝看著鄧山，有點意外，跟著逐漸提高速度，鄧山也相應提高速度，於是兩人一前一後，很快就趕過了好幾個街口。這兒的街道是綠色的呢？而且材質也不像柏油，不知道是什麼東西。鄧山望著路面，這樣的色澤和路旁的林木花圃感覺很合，比起自己世界的黑色柏油路，感覺好多了。兩人剛繞過一個街口，袁婉芝突然停身，鄧山畢竟沒這麼熟練，又跳出了好幾步，才穩住了勢子，訝異地轉頭望著袁婉芝。

袁婉芝又看了鄧山兩眼，這才指指身後一幢建築物，又往前一指說：「那是旅社。你看到那大片紫光嗎？」

袁婉芝指的方向，是一大片的翠綠草地，草地過去，確實似乎有一大片隱隱的紫光籠罩著更過去的一片區域，也許因爲此時天色還亮，所以不是這麼清晰。

鄧山點頭說：「我看到了。」

「只要是那樣的地方，除非我要你進去，不然別進去……以這塊來說，是自由區，所有事情百無禁忌。」袁婉芝說：「隨便跑進去會出人命的。」

「什……什麼？」鄧山吃了一驚：「這不是首都嗎？還有那種地方？」

「對，有。」袁婉芝簡潔地回了兩個字，頓了頓說：「不過可以遠遠地欣賞。」

還欣賞咧？鄧山當真是無言以對。

「現在還早，沒什麼可以看的。」袁婉芝轉頭領著鄧山到身後大樓裡的旅館櫃台。

兩人用紅寶石登記資料，選了兩個相鄰的房間。

走入房門前，袁婉芝說：「先進去盥洗，你穿著兩套衣服也難過吧？去換掉裡面那套，休息一下之後，到大廳等我。」

「喔，好。」鄧山看門口沒門把之類的東西，正訝異該如何進門，卻看袁婉芝將紅寶石戒面往門口的一個白點靠去，門便倏然而開，這才知道，原來這戒指在這兒的功能這麼多。

鄧山正要依樣畫葫蘆，卻見剛走入房中的袁婉芝，突然探出頭說：「有女人找你搭訕的話，別跟著走了喔。」

女人找自己搭訕？鄧山尷尬地一笑說：「不會吧。」

袁婉芝倒是沒笑，只聳聳肩，縮回了房中。鄧山走入自己房中，還好雖然比自己的世界進步很多，但大部分的器具都還不難想像使用的方法，眞搞不清楚的，還有金大可以詢問，倒不算太過困難。

鄧山胡亂洗了個澡，換好全套衣服，動了動，感覺活動還算挺順暢的；不過，那袍子飄來飄去有點煩，他忍不住把袖口和腰部帶子束緊，這才感覺自在多了。

「對了，金大，」鄧山說：「你不是到這兒要辦一件什麼事情。」

「對呀、對呀！」金大說：「不過，那女人一直叫你跑來跑去，好像沒時間做別的事？還是可以不要理她跑掉？」

「呃，不理她好像不大妥當……」鄧山問：「要花很長時間嗎？」

金大說：「至少要幾個小時吧。」

「好，」鄧山說：「如果有自由時間，就去辦吧。」

「好吧，」金大說：「其實也不急啦，都拖了百多年了。」

「什麼事情呀？」鄧山這才想起一直沒細問。

「想去一個地方，找個東西……」金大有點遲疑地說：「不過，不知道還在不在。」

「喔？」鄧山無所謂地說：「反正有空就去看看囉。」

「嗯……希望還在。」金大似乎難得的有點心事，再度沉默下來。

鄧山走下一樓大廳，在一旁看似座椅的東西上坐了下來。這座椅似乎可以隨意變形，柔和地平貼鄧山身後的曲線，十分舒服。

鄧山剛坐下不久，一個服務生端著杯水走來，在鄧山旁放下，一面微笑說：「鄧先生，需要什麼其他的東西嗎？」

鄧山一怔說：「不用了，謝謝。」服務生微微一笑，轉身去了，鄧山卻不由得多望了兩眼，剛剛那大男孩怎麼長得這麼俊美，身材又結實高眺，看起來像模特兒一樣，居然在這兒當服務生。

鄧山目光再轉，卻見不只那個大男生是這樣，其他的服務生幾乎也都是十分俊美的男女，就連坐在椅子上聊天的客人們，雖然年紀各自不同，也都是十分引人注目，好像雜誌上的人物。

柳語蓉雖然是天生麗質，又挺會裝扮的，要是到了這個地方，恐怕也不再醒目了。鄧山忍不住四面張望，品味著各種不同風格的美麗風情。

令人意外的是，鄧山四面張望的過程中，和不少人目光相接，無論男女，居然有不少人和善地向他點了點頭，或者回一個甜美的笑容。鄧山越看越尷尬，後來索性低下頭，不敢多看。

「欸，你好啊。」一個讓人渾身酥軟的女聲突然出現。

鄧山一驚，這才發現身旁不知怎麼出現一張座椅，椅子上，坐著一個穿著無袖貼身毛質背心搭配短裙的嬌美少女，正望著自己說：「你哪兒來的呀？」

她聲音怎麼這麼軟綿綿的？鄧山想了想才回答：「應該是……南谷自治區。」這女人衣服除了花樣款式比較特殊之外，造型倒是和自己世界的有點像，看來女人想穿少的時候，設計的方向還是只有那幾條路線。

「你哪兒來的，還得想想才知道喔？」女孩格格笑了起來。

鄧山有點尷尬，目光往外望，卻見周圍的人，連服務生在內，望過來的目光都似乎饒有興致的。鄧山微微一驚，莫非這就是剛剛袁婉芝所說的搭訕？這女人想幹嘛？不過她實在很漂亮，除了五官嬌美、身材婀娜之外，皮膚簡直就像孩童般細嫩，垂到肩膀的頭髮又有如絲緞般柔滑，大大眼睛上面是長長的睫毛，襯得那雙眼睛彷彿會說話一般……難道……難道這邊的阻街女郎水準高到這種程度？

「你看我美嗎？」女孩突然笑著說。

鄧山又是一愣，呆了呆才尷尬地說：「很美。」

「有沒有什麼缺點該改善的？」女孩又莫名其妙地問了一句。

鄧山上下迅速看了看，有點不好意思地說：「我覺得很美了。」

「喔。」女孩似乎挺高興，微微一側頭說：「你有約了嗎？在等人？」

鄧山雖然有點莫名的不捨，還是點頭乾笑說：「嗯，我在等人。」

女孩目光一轉說：「那位嗎？」

鄧山轉過頭，果然看到袁婉芝正好從電梯口走出，他也來不及想女孩怎麼知道的，有點尷尬地點頭說：「對。」

「那有機會再聊囉……可以碰碰嗎？」女孩站起身，突然向鄧山伸出玉手。鄧山吃了一驚，彈身站起，倏忽間讓開對方。

女孩一怔，有些失望地說：「不行嗎？」

鄧山愕然說：「什……什麼碰碰？」

「就是這個啊。」女孩露出莞爾的笑容，搖搖頭，再度走過來，伸出手，輕握了握鄧山左手手指片刻，只聽女孩輕聲說：「我叫小娟，晚點再找你。」這才轉身走開。

鄧山要閃的話，當然閃得開，不過剛剛閃了一下，看對方愕然與失望的模樣，第二次鄧山可就不好意思再閃了……碰碰？摸手？這和自己世界的握手又不大像，好像就是單純將手指互相握觸片刻，卻不知這代表什麼？

袁婉芝此時已經走到鄧山身旁，她坐在小娟留下的座椅上，望了望鄧山，神色似乎有點無奈，又有點好笑。

她剛剛應該都看在眼裡吧？鄧山有點不好意思，不過除了不好意思之外，他心中更是有點迷糊，不明白剛剛發生了什麼事情。

隔了幾秒，袁婉芝才突然搖搖頭說：「那女的晚點應該會找你，別看人家漂亮就被拐跑了。」

「什麼？」鄧山問。

「該怎麼說……」袁婉芝想了想，舉起左手，甩甩掛著戒指的手指說：「你有沒有注意到，只有我和你掛著戒指？」

「我沒注意……」鄧山轉過頭望了望說：「好像眞是這樣。」

「這意思是，只有我和你是眞人，」袁婉芝說：「其他都是人造人。」

「嗄？」鄧山訝然說：「妳說……他們不是人？」

「是眞人用腦神經連結搖控的人造人，所以要多漂亮有多漂亮。」袁婉芝說：「至於本人是男女美醜，或者是不是只剩下一顆大腦，都沒人知道。」

「呃……」鄧山說：「這兒大多是這種人？」

「因爲若沒有金靈，受神能影響，很難修練內氣。」袁婉芝說：「一般人頂多能練到益壽延年，行動能力和我們那世界的人差異不大，所以通常都用人造人出入……後來慢慢連有金靈的人也這樣，大家都不常使用眞人出門；偶爾想出門消遣時，就控制著人造人，有錢的話，更可以準備兩三具身體，今天使用這種外貌，明天使用那種外貌，過著更豐富的生活，就算只有一具身體，想改變外型也很容易。」

「這些服務生也是囉？」鄧山低聲問。

「也是，但是服務生的軀體是屬於這旅館的。」袁婉芝說：「來工作的人只要按照排班時間，連線過來使用軀體工作，就可以獲得薪資。不只是旅館，整個王邦的工作生產幾乎全都用這種方式運作。」

「唔……」鄧山說：「那我連和男人還是女人說話，都不知道了？」

「不管他是男是女，如果選女子外型，就代表他內心想當個女人。」袁婉芝說：「不然等於找自己麻煩，不是嗎？」

「這樣說也沒錯啦……」鄧山說：「如果你不知道對方眞實性別和長相，這邊的人怎麼結婚和建立家庭呢？」

袁婉芝皺眉說：「每對夫妻選擇的處理方式都不同，說起來很複雜……唉，你問這麼多做什麼？」

鄧山抓頭說：「也是，不關我的事情。」

「你該想知道那個碰碰的意思吧？」袁婉芝說。

「喔，對。」鄧山說：「那是幹嘛的？」

「那意思是，願意交換最基本的資料和訊息，比如你叫什麼、到哪兒可以找到你之類的。」袁婉芝說：「你也可以藉著儀器，從戒指中取出她準備讓你知道的訊息。」

「喔……」鄧山終於懂了，戒指這東西倒是挺方便的，還可以交換名片？

袁婉芝揮了揮手說：「因爲這兒大家都習慣了用人造身軀，所以男女關係上比較放得開，如果你想享受一下的話，是無所謂，不要忘了正事就好；有些人特別會找外地來的眞人接近，大概是因爲貪新鮮吧，記得別被騙到花錢就對了，知道嗎？來這兒還花錢找女人，就是冤大頭了。」

「是。」鄧山說：「不過，我並沒想和人交往……」

「那等等告訴櫃台說，你不想被打擾就好了。」袁婉芝說：「我要你下來大廳，本來不是要談這件事情……只是人造人的事情也該讓你知道，就順便解釋。」

「對，什麼事？」鄧山說。

「嗯……先出去逛逛。」袁婉芝帶著鄧山往外走，一面說：「我們快趕兩步。」

兩人走出大廳，袁婉芝沒做什麼招呼，直接提高了速度，鄧山跟著追去。兩人奔出一段距離，繞過了幾個大樓和空地，還繞過了幾大片泛著紫光的地區；旅館附近那塊，鄧山聽袁婉芝提過，叫什麼自由區，說是可以做任何事情，其他這幾塊不知道又是什麼區？

這次袁婉芝奔跑的速度好像更快了，鄧山緊緊追著，感受著迎面颳來的勁風，頗有點暢快的感覺。在原來的世界，因爲怕引人注目，一直不敢顯露，可說從凝固內氣之後，根本沒好好運用過這些內氣。此時不藉著金大的幫助，鄧山放手奔馳著，這才約略知道，自己如今的內氣大概可以達到什麼樣的效果。

跑著跑著，不知經過多少轉折，袁婉芝突然緩了下來，鄧山此時對內氣操控上更熟練了些，跟著相應減速，直到兩人都停下腳步。

袁婉芝沒多說什麼，帶著鄧山走入一棟大樓，兩人轉入一扇門戶，突然出現了一片寬敞的空間，裡面有八個少年男女正分成四組，好似練習招式般地對打著，另外還有一個青年人在旁指導。

指導的青年看到兩人進入，他有點意外地走近，對著袁婉芝行了一禮說：「芝姊。」一面疑惑地看著鄧山。

袁婉芝也不替兩方介紹，袁婉芝只點點頭說：「唐家主在嗎？」

「家主在，」那人說：「芝姊找家主？我去通報。」

「嗯。」袁婉芝點了點頭，那人連忙跑了進去。

這一來，那些練習中的少年也紛紛停下來，他們似乎都認得袁婉芝，其中一個領著眾人走來，行禮說：「芝姊。」

「沒你們的事，你們練自己的。」袁婉芝說。

「是。」那些人很聽話地退開，不過一面練習，還是一面偷眼望著這邊。

鄧山見袁婉芝彷彿忘了自己一般，他也不好多問，只偷眼打量那些練習的少年，發現他們也都帶著戒指，看來這兒都是眞人，不像旅館那兒，都是假人在胡混。

過沒多久，一個肩寬體闊、身材雄偉、頭髮散亂的中年壯漢，大步踏入這個大廳。他向袁婉芝奔去，一面說：「沒想到芝姊來了，怎麼沒通知我們去迎接？」

「我本來沒打算過來的。」袁婉芝微微一笑說：「不過突然發生了一點意外，想請唐家主幫忙。」

「沒問題！」唐家主拍著胸膛說：「芝姊請吩咐。」

「幫我拿下這人，死活不計。」袁婉芝回身一指，竟是指向鄧山。

鄧山吃了一驚，訝然說：「芝姊，別開玩笑。」

「這人得罪了芝姊？」唐家主那銅鈴般的巨目瞪了過來，凝視著鄧山，充滿霸氣地說：「小子，你想活下去的話，最好束手就縛。」

「打架了！」金大馬上醒來，哇哇叫說：「我來我來！」

「是誤會，不能打。」鄧山忙在心裡叫，一面對袁婉芝說：「芝姊？妳不解釋一下？」

袁婉芝轉過身來，上下望著鄧山，臉色頗有點不好看，過了好一會兒，她才說：「我本來是要帶你去拜師的。」

「對啊，」鄧山說：「是這邊嗎？」

「我帶你去旅館的時候，就覺得不大對勁，所以剛剛又試了一下。」袁婉芝沒理會鄧山，自顧自地說：「你七天前獲得金靈，就算金靈保留著知識，告訴你什麼奇異的修練法門，也不可能七天就將內氣修練到這種程度。這麼大破綻還想騙過我們，未免太侮辱我們的智慧了……我自忖未必能擒下你，所以帶你來唐家主這兒，你聰明的話就束手就縛，苦頭就會吃得少一點。」

「原來是奸細！」唐家主，踏前兩步大聲說：「交給我吧。」

「等等！」鄧山說：「你們不是早就查清楚了嗎？我本在那個世界生活，和你們組織怎麼可能有什麼其他牽扯？」

「其實，我大概也知道你是哪裡派來的了。」袁婉芝哼了一聲說：「天選研究中心，二十年前把我逼來這世界，如今居然派人滲入了？你們下的工夫也夠深了。」

「妳一定誤會了，」鄧山說：「我根本聽都沒聽說過那個中心。」

「別和他囉唆了。」唐家主詢問說：「芝姊？」

袁婉芝點了點頭說：「最好是活的。」

「好！」唐家主一撲，兩手帶起罡風，聲勢洶洶地撲來。

鄧山根本不知道該如何戰鬥，只好一彈往後，閃開對方的鋒銳，同時忍受著金大的求戰嚷叫。

「快住手！」鄧山喊。

「你投降受縛，我不就住手了？」唐山主點地撲出，速度更快，一眨眼追到鄧山面前，兩手一張，向鄧山右肩抓去。

鄧山忙沉右肩，卻聽金大焦急著喊著：「哎呀，那是虛招，小心左邊左邊。」果然對方右邊順勢一切，迫使鄧山往左，另一隻手卻已經等在那兒，鄧山只好一點地，繼續往後退。

「看你能退到哪邊。」唐家主嘿嘿一笑，又追撲了過來。

這樣下去不是辦法。鄧山忙問：「金大，你可以只躲嗎？除非必要，不要出手。」

「可以啊，」金大哼聲說：「這大塊頭只有這幾手功夫，沒法逼我出手啦。」

「那交給你了。」鄧山再往後一跳，身子同時放鬆，內氣緩緩運出，交給了金大。

這一來，眾人眼中的鄧山馬上靈活起來，只簡單地扭身閃動，再加上前後跨步，就把堂唐家主的攻擊通通閃過。更誇張的是，鄧山在這樣的動作下，居然還有空喊：「芝姊，妳快叫他停手，這一切都是誤會，一切都可以解釋的……用拳頭怎麼能解釋誤會？當然要用說的啊！這位大哥你說是不是……？哎？怎麼不理人？」

發現對方居然有空亂喊，唐家主可眞是惱羞成怒，一面怪叫，一面加快速度，拳腳呼嘯有聲。但是不管他怎麼打，鄧山的動作明顯比他快，加上似乎早已洞悉他的招式變化，每每閃去他怎麼變招也打不到的地方，唐家主除了打空還是打空，連鄧山那輕飄飄的蝴蝶衣袖都摸不著。

「我閃我閃我閃。」金大在鄧山腦中唱著歌：「可是這樣其實挺無聊的，我偷踢他屁股一下如何？」

「不要，」鄧山忙在心中說：「這樣會得罪人。」

「唉唷，你顧忌眞多。」金大說。

袁婉芝越看越驚，別說鄧山的動作看來遊刃有餘，似乎功夫遠高於唐家主，能在這麼激烈的戰鬥中還好整以暇地說話，更顯示了他不知保留多少實力。袁婉芝過了片刻，終於大聲說：「夠了！唐家主請退！」

唐家主往後一縱，滿臉通紅，脖子浮起青筋，對著旁邊的青年大吼：「白痴！還不取我的刀來！」

青年惶然奔去取刀之際，袁婉芝搖頭說：「不用了。唐家主，你不是他對手。」

「這小子只會閃來閃去，」唐家主說：「待我拿刀劈他，看他……」

「夠了，」袁婉芝目光凝向鄧山說：「以你的能力，明知我已起疑，怎不索性把我們全殺了？」

「別開玩笑了，芝姊。」鄧山嘆了一口氣，往旁走兩步，離暴跳如雷的唐家主遠點才說：「妳眞的誤會了。」

「誰開玩笑？」袁婉芝瞪眼說：「還是你要說你當眞是天授奇功，天縱英才？修練七天就能抵過別人二十年的功力？更別提你都這把年紀了……」

「唔……」鄧山呆了呆才說：「其實……是因爲，金靈除了留下一部分記憶之外，還帶著一部分的內氣，每天都在慢慢傳給我。」

袁婉芝一愣，訝異地看著鄧山的同時，金大的聲音同時在鄧山腦海中傳出：「哇哩！這種謊話都能編得出來？我眞是越來越佩服你了……你是謊話冠軍！」

「那……」袁婉芝說：「招式和身法呢？你剛閃避唐山主的動作……難道你眞的是天才？」

雖然事實上自己不怎麼天才……但是不承認就要被人抓著打殺，還是只好認了，鄧山嘆一口氣說：「我只是運氣好，感覺那樣躲得過而已。」

「那……」袁婉芝半信半疑地看著鄧山說：「難道我眞的誤會你了。」

「什麼什麼，居然說得這麼輕鬆？」金大抗議說：「要不是我對唐家『奔鱗三十六套路』瞭如指掌，哪能躲得這麼帥氣？不過，這大塊頭好像學到的不到一半，學到的一半又沒幾招學對的……看來唐家沒落很久了，一點氣勢都沒了。你叫他耍刀給我看看，我看看唐家『落影刀法』到如今剩下幾招。」

「別節外生枝了，」鄧山對金大說：「你是老前輩我可不是，解釋起來很麻煩。」

「喔，也對。」金大這話倒是聽得下去，沒再表示其他意見。

袁婉芝雖然還沒全信鄧山，但就算鄧山是騙自己的，以組織現在在王邦的實力，暫時也拿他沒辦法，畢竟組織大部分的戰鬥人員，都是無法進入王邦範圍的神使……她只好苦笑說：「你還需要拜師嗎？」

鄧山一愣說：「我真的不知道，這些都是你們安排的……芝姊覺得不需要嗎？」

「那……還是去吧。」袁婉芝嘆了一口氣，對唐家主施了一禮說：「唐家主，這趟多有得罪，此時仍有要事待辦，我日後再專程前來致歉。」

「不敢不敢，芝姊言重了。」唐家主臉色雖然仍不好看，不過明顯看得出來是針對鄧山，對袁婉芝依然十分恭敬。

「如此我們先走一步。」袁婉芝當即轉身離開，鄧山自然急忙跟上，以免唐家主改變念頭，一刀揮過來可就麻煩。

異世遊

兩千零四十八變

離開唐家之後不久，袁婉芝與鄧山兩人重新回到旅館附近。

原來預計拜師的地方本就離旅館不遠，這也是選擇那兒居住的原因，只因為今日抵達時，袁婉芝起了疑心，所以才再度帶著鄧山奔跑，測試他的能力；最後更決定引他去與組織有關的唐家，要當場拿下鄧山。

卻沒料到唐家主不是鄧山的對手，而鄧山又胡謅出了一個不知道是真是假的理由，袁婉芝半信半疑之下，只好暫時依原訂計畫行事。

此刻，袁婉芝帶著鄧山到了一個寬廣大院門外，停下交代鄧山說：「這次幫你找的師父，是大日城王朱世家一族中很有名的高手。聽說他人很好，但是對我們組織不怎麼有好感，這次願意收你，是看在奔雷城葉世家的面子才答應的，所以你要小心應對。」

很好的人？但是對我們組織沒好感？聽起來真是麻煩，自己可不想上演那種歷經千辛萬苦才讓師父垂青的把戲。鄧山尷尬地說：「沒有和組織比較合得來的師父嗎？」

「胡說什麼，」袁婉芝瞪了鄧山一眼說：「你知道頂尖的金靈師父有多難找嗎？」

「我倒是真的不知道。」鄧山尷尬地笑說。

袁婉芝似乎本想數落鄧山，想想又緩下口氣，搖頭說：「傳授金靈使用之法的人並不算太難找，但是真正的頂尖高手一般都潛藏在各世家內，不願對外收徒。這位朱老先生卻是特例，他不受本家管束，一個人跑來奔雷城，不論家世，專收想學金靈技術的人當徒弟。這樣的人，你以為很容易找到嗎？。」

「他們家族對此沒有意見嗎？」鄧山問。

「這就是讓人訝異的地方了，而且朱世家的勢力在王邦中可是數一數二的，這也足見他的神通廣大。」袁婉芝說：「我們不知道詳細的原因，其中一個可能是……他與本城城王葉世家一族關係不錯，這次也是藉著這個關係，由葉世家幫我們說項，讓他傳授你相關知識。」

康倫好像提過……似乎是賣了一個金靈給葉世家吧。鄧山心念一轉，忍不住問：「那芝姊使用金靈的方法不是在這兒學的？」

「不是。」袁婉芝嘆口氣才說：「只因為你狀況特殊，才特別到這兒幫你找頂尖師父，你要把握這個機會。」

「唔……」看來非得拜這位師父了，鄧山只好說：「他為什麼對我們組織沒好感？」

袁婉芝皺皺眉說：「久了你就知道了……你記住一件事，你的身分是來自東方一個荒島原始村落，與金靈合體的時候，被我們無意間找到，所以你對這兒的事物都不明白，知道嗎？如果沒其他問題，我們就進去吧。」

「東方荒島？」鄧山聳聳肩苦笑了笑，跟著袁婉芝，走向大門。

走到大門前，袁婉芝舉起戒指，對著門左方柱的一個白色框板晃了晃，一面說：「這樣對方就知道我們的基本資料了，你也來送一下訊號，這是拜訪別人時應有的禮貌。」

「嗯，這些設施很方便。」鄧山連忙伸手過去方框前揮動，一面說：「如果戒指被人拿走呢？」

「因爲有生體資料紀錄，運用時會主動查對。」袁婉芝說：「其他人戴上無效。」

「那可眞方便。」鄧山說。

此時大門緩緩而開，一個中年人迅速地走了過來，向兩人微微施禮說：「歡迎，主人正等候兩位。」

鄧山目光望去，微微愣了愣。這人頭髮不長不短，整齊側分，五官不偏不倚、不大不小，身材不高不矮、不胖不瘦，膚色淡黃，衣飾樸素簡單，幾乎是找不出什麼特色；或者可以說，此人之平凡，簡直都可以成爲一種特色了。

鄧山隨著袁婉芝，跟著這人走，突然發現這中年人左手並沒帶著戒指，也是個人造人，可能是這大院聘用的僕人……看樣子，這兒的主人不喜歡家裡的僕人太過俊美。走入門中，是個挺大的庭院，庭院中大部分是短短的草皮，邊上種植著一些不同種類的樹木，走道是碎石子鋪成，帶著微微的弧線延伸到不同的方向。

庭院過去，是一棟三層樓的大宅，一樓朝庭院部分是整片的落地窗，裡面似乎整大片並未隔間。望過去，屋內燈火通明，似乎有不少人在其中走動。

一面接近大宅，鄧山倒是想起一事，今日和袁婉芝跑了不少地方，發現其實這兒雖然稱爲首都，但卻有不少地方是空地與綠地；至於建築物，雖也有些如旅館般的高樓，但這種庭院型大宅院似乎更多，一點也不像鄧山心目中的未來首都。鄧山本來還以爲，這兒的高樓大廈會多得嚇人，然後全都超過百層以上，沒想到卻是這副模樣。

難道這兒人口不多嗎？鄧山雖然有點想問，但是眼看前方大宅門口，不知何時出現了一個老者，正望著自己，此時似乎不適合和袁婉芝低聲說話。

那老者頗有點瘦小，身高不到鄧山肩膀，臉上皺紋不少，髮鬚皆白，一雙大眼炯炯有神，那斜豎的眉毛、下垂的嘴角，看不出來是天生如此，還是此時心情不好。

「朱老先生。」袁婉芝行了一禮說：「您好，這位就是鄧山。」

朱老先生沒吭聲，目光轉向鄧山，鄧山連忙學著袁婉芝行了一禮，學著說：「朱老先生好。」

「叫師父啊，傻瓜。」袁婉芝瞪了鄧山一眼。

「是，師父您好。」鄧山忙說。

「我不收徒的，不要叫我師父。」朱老先生開口說：「只收學生，所以你叫我朱老師、朱先生、朱老頭都可以，裡面好些娃兒都叫我朱老爺爺。」

鄧山愣了愣說：「是，朱老師。」

「聽說你來自很荒僻的地方，你知道學生和徒弟的區別嗎？」朱老先生又問。

就連自己那個世界，這兩個名詞差多少，自己也不是很肯定清楚，何況這個世界？鄧山連忙搖頭。

「師徒關係是一輩子的，」朱老先生說：「師生關係不一樣，我教你一些東西，換取我想要的東西，我們是平等的。當你走出這個門，以後要怎樣就不關我的事了。」

這比自己在補習班的師生關係還要冷漠。

鄧山呆了呆說：「您想要的是什麼？」

「每個人狀況不同，」朱老先生板著臉說：「你既然來自荒島，大概什麼都沒有，針對你個人來說，是免費；但要是針對送你來的那群人來說，我就該獅子大開口……」

朱老先生這麼一說，袁婉芝臉色自然變得有點尷尬，她強笑說：「老先生，您別開玩笑了。」

「既然有人來幫你們說話，就免了吧。」朱老先生揮揮手說：「妳可以走了，他留著。他還有行李沒帶嗎？有空幫他送來。」

袁婉芝吃了一驚說：「他住這兒嗎？」

「當然，我的學生每個都住這邊。」朱老先生說：「有問題嗎？」

「這……沒……沒有，」袁婉芝呆了呆才說：「我可以再交代他幾句嗎？」

「又不是小娃兒了。」朱老先生不耐地皺眉念了一句，轉身自顧自進去了。

袁婉芝嘆了一口氣，這才說：「鄧山，你休息時間，不要忘了把金靈知識記錄下來，然後能出來的時候，拿來交給我。」

鄧山這才想到還有這檔子事，還得想辦法應付過去，不過此時也只能胡亂點點頭應是；看來要是住在飯店，可能每晚袁婉芝都會逼自己寫所謂的金靈知識了。

「你進去吧。」袁婉芝嘆了一口氣，轉身走出了大宅，鄧山這才走入屋中。

剛剛在外面就看得挺清楚了，裡面有十幾個男女，有的三三兩兩在一起，有的各自分散開來，不過這些人都十分年輕，最小的只有八、九歲，最大的也才十五、六歲，他們大多好奇地偷望著鄧山。

而朱老先生則盤坐在大房的一角，半閉著眼睛，不言不動。鄧山走到他身旁，也不知道自己該做什麼，只好低聲喚：「朱老師。」

「嗯，」朱老先生閉著眼說：「坐下。」

「是。」鄧山學著朱老先生的模樣，盤坐。

朱老先生突然睜開眼睛，他那對炯炯有神的目光凝視著鄧山說：「他們說……你獲得金靈沒有幾天？」

「是。」鄧山說。

「內氣呢？」朱老先生又問了一句。

這該如何回答，事實上自己根本沒練過，問題是自己又明明有內氣，說實話反而會被當成說謊。鄧山呆了呆，決定搬出不久前的謊言：「這金靈有存留一些內氣，逐步灌到我身體裡面。」

「胡扯。」朱老先生臉色微沉說：「金靈根本無法儲存內氣，你老實說。」

原來自己那謊話有這麼大漏洞？鄧山暗暗叫糟，這時又不能花太多時間想更好的答案，鄧山只好胡扯說：「其實我也不知道……每天睡醒就好像多了一點，我以為是金靈灌入的，難道……難道是別人做的？」

一面說，鄧山一面有點訝異，這次金大怎麼沒跳出來說自己是謊話冠軍？難道連他都覺得這謊話不大好？朱老先生眉毛微微一揚，冷笑一聲說：「那你修練內氣的法門是哪家的心法？」

「我不知道，」鄧山說：「我讓它自己運行。」

這話似乎頗出朱老先生意外，他哼了一聲說：「你要知道，內氣運行之法，只要探測經脈發展狀態，就能知道大概淵源了。」

是嗎？不過自己說的反正不是謊話。鄧山說：「我說的是眞的。」

「你堅持要這麼說的話，就伸手給我，讓我看看你的經脈狀態。」朱老先生伸出右手說。

鄧山跪行兩步，坐到朱老先生身旁，伸手讓他握著，旋即感覺到一股量少但卻強韌的能量擠迫著自己內氣，循脈探入。鄧山放鬆身體，凝定心神，不做排拒，只覺那股內氣從手到肩，繞過身後往下，到了腰部突然一折，巡行另外一條道路，和自己平常讓它自行運轉的路線似乎不大相同。不只如此，那股內氣似乎到處亂跑了好幾道經脈，這才循原來路線退出，離開自己身軀。

經過這個動作，朱老先生臉色和之前大不相同了，他訝異地望著鄧山說：「你……你體內經脈、內氣都很特殊，如何能練成這樣……」

「是嗎？」鄧山連忙裝傻：「我不知道。」

「難道……」朱老先生說：「難道你說金靈有留一部分知識給你，也是眞的？」

看來這老先生本來也認爲這是胡謅的，不過這謊言已經說了很久，現在坦白也不行，鄧山只好繼續撒謊：「是眞的。」

「這太希奇了……」朱老先生說：「那他們說你是控制金靈的天才，這也是眞的？」

「這不是，」鄧山連忙搖手說：「只是誤會。」

「喔？」朱老先生半信半疑地看著鄧山一眼說：「那麼金靈教會你哪些控制法門？你展示一下。」

「喔？」鄧山慢條斯理地站起，一面在心中呼喚金大：「金大，怎麼都不吭聲？你不想表現一下嗎？」

金大終於有了回應：「你要不要自己控制看看？比較像剛合體的人。」

「嗄？」鄧山意外地說：「不是說要早點回家嗎？」

「我想在這邊多等幾天，」金大說：「你不要急，我晚點再跟你解釋。」

「呃……」鄧山說：「那現在怎麼辦，我一點都不會耶。」

「其實你會不少了，」金大說：「我控制的時候，你都在旁邊感受著，照樣試試看就知道了，你先把思緒放開，不要侷限在自己身軀……」

「怎麼了？」卻是朱老先生看鄧山站起發呆，疑惑地問。

「等等，給我一點點時間整理一下。」鄧山尷尬地說完，一面繼續聽金大說：「感受到金靈軀體之後，你會發現你可以隨心所欲地控制它，雖然和你本身肌肉運作大不相同，但是卻很類似內氣的運轉；不過，內氣是一個整體流轉的感覺，金靈部分的每一點都可以微調，細微之處就是施放內氣的方式。」喔？鄧山心中思忖著，突然把手腳變得又粗又大，挺像當初逃跑時的模樣，不過看朱老先生皺眉瞪眼的模樣，鄧山有點心慌地變出翅膀，不過衣服又破了兩個洞。

「誰要你變這些。」朱老先生口中雖然責難，卻不知為何露出一抹笑容，他笑著搖頭說：「眞是的，金靈是用來幫助你施放內氣的，你藉著金靈向我擊發一掌試試。」一面起身伸出手掌。

「喔？」鄧山這才知道是要放那類似黑焰氣的東西。鄧山內氣往外送出，流轉在金大軀體，一面回憶著金大運行時，怎麼安排自己的內氣；不過，正如金大當初所說，鄧山根本還無法體會到細微之處，勉強模仿，頂多有三分相像。

「你忘了吸納內氣回體。」金大說。

「那是什麼？」鄧山莫名其妙。

「要補充體內用掉的內氣啊！」金大說。

「我沒注意到你怎麼弄的……」鄧山說。

「因爲你無法同時注意到好幾件事情，我也忘了說，算了。」金大說：「先揮掌吧，用發勁。」

鄧山無奈之下，毛手毛腳地揮出一掌，內氣隨心念，經過金靈部分送出，對到朱老先生的右掌，傳出掌心往外送；但在接觸的一刹那，那股力道彷彿打空一般，不知道消失到哪兒去了。

「怎麼回事？」鄧山莫名其妙。

「他的內氣造詣比你高多了，化散掉了。」金大說：「所以，如果對方的內氣比你高很多，不能直接和對方的身體接觸，要用武器。」

「武器就可以嗎？」鄧山頗爲不解：「高手會怕武器？」

「因爲金靈會避開器械部分。」金大說：「神能將會隨之破入。」

「聽不懂。」鄧山猛皺眉頭。

不過，這時沒時間追問了，眼前朱老先生露出吃驚的神色，訝然說：「你……你眞是天才嗎？」

唔，剛剛可是靠自己，怎麼這老先生也說自己是天才？不知道是不是因爲被金大影響，鄧山此時也頗有兩分飄飄然的得意。「什麼天才，是我教你的啦，不算啦。」金大大潑冷水。

「你看不得人家好喔！哈哈哈。」鄧山還記得金大用這句頂過自己。

金大似乎無言以對，呆了呆才說：「嘖！好會記仇的傢伙。」

其實無論另一個人怎麼教，都只能用言語形容，受教者還是要自己慢慢揣試體會，相對於金大教導鄧山，卻是直接示範，而且鄧山還可以完整感受到金大操控時的每一個步驟，雖然鄧山一直沒用心去體會，此時一模仿，仍是學了個三分像。

「你剛用了幾成勁？」朱老先生問。

這話可問倒了鄧山，他抓抓頭說：「我不知道，沒很用力。」

「就隨手一推嗎？那頂多三成力……」朱老先生說：「你已學會了怎麼使用金靈增強發出的力道，以你現在對金靈的體悟程度，這樣的增幅已經很不簡單了，想要再提升，還得先凝聚更多的內氣，才有機會觀察得更細微……這方面，我能教你的剩下不多。」

嗄，還是表現得太過頭了？鄧山正愣間，朱老先生又問：「但是你似乎沒一面凝聚內氣。」

這兒可得裝傻。鄧山點點頭說：「嗯，我不會。」

「總算有點正常的部分了，」朱老先生沉吟說：「那你平常怎麼凝聚內氣的？」

「呃……」鄧山搖頭說：「我也不知道。」其實，鄧山只學會隨自然方式運轉內氣，以前內氣都是金大送進來的。

朱老先生一呆，抓著那白髮蒼蒼的腦袋說：「這到底是怎麼回事？你整個都亂了……那你剛剛那一掌，好像沒什麼章法，你有學過什麼武器嗎？」

「沒有。」

「拳法？」

「沒有。」

「什麼都沒有？」

「都沒有。」鄧山猛搖頭。

朱老先生愣了愣，上下看了看鄧山說：「不該會的會了，該會的都不會，這要如何教起？」

鄧山尷尬地說：「朱老師，或者一些比較簡單的，我去問問人，看有沒有人先教我。」

朱老先生皺皺眉，似乎難以決斷，忽然他目光一轉，瞪著那群一面吱吱喳喳，一面偷看這兒的小朋友說：「有問題嗎？有問題的過來！」

小朋友們連忙各自散開，不過，他們仍忍不住不斷地往這兒偷望。他們看的多是朱老先生，反而不是鄧山，也許他們很少看到朱老先生這麼煩惱的模樣？

「你們先自己練習。」朱老先生突然揚聲說。

「是。」那些年紀不等的小朋友們應聲。

「你跟我來。」朱老先生領著鄧山，轉出一個房門，登上通往二樓的樓梯，走入一個密閉的房中，還示意鄧山關上門。

這房中周圍都沒窗戶，卻感覺並不氣悶，不知道是不是有隱藏式的空調？鄧山上下張望著，頗感好奇。

「坐下吧。」朱老先生盤坐在主位。

鄧山面對著他坐下，不明白他帶自己來這兒做什麼。

「你眞是來自荒島？」朱老先生正色問。

「我……我來自一個比這兒落後很多的島嶼。」鄧山其實不喜歡騙人，最近因爲情勢所迫，撒了不少謊，實在是大違本性，此時正努力在不洩露機密的情況下說「實話」。

朱老先生說：「既然如此，你怎會和海連集團扯上關係？」

「海連集團？」鄧山愣住說：「那是什麼？」

「你連誰送你來這兒都不知道？」朱老先生瞪眼說。

「那個……」鄧山想了半天才說：「他們好像說是……睿風企業。」

「這就對啦。」朱老先生哼了一聲說：「睿風企業是海連集團的一個分支，而且是專幹壞事的一支。」

「哦？」鄧山說：「我不知道……我是因爲害睿風企業損失了一千萬，所以照他們的吩咐做……」

「什麼一千萬？」朱老先生說。

「就是金靈啊……」鄧山說：「我當初被他們聘用去抓金靈，但是金靈和我合體之後，我得到了金靈的一部分知識，以爲他們要殺我……我就跑了。後來我有了內氣，再也分不開，於是他們就損失了一隻金靈。」

朱老先生聽得大皺眉頭，隔了片刻才說：「一千萬不是小數目，我可拿不出來……他們是要你參加『較技比賽』？」

「您怎麼知道的？」鄧山訝然問。

「那個職業比賽收入高，高階比賽外面賭得又凶，是最容易撈錢的地方。」朱老先生說：

「各種運動比賽中，賭金最高的就是『較技比賽』，而在那個項目中，海連集團一直沒有比較像樣的選手。」

「難道……」鄧山省悟說：「難道他們藉著控制自己的選手來操縱勝負，在賭場上贏錢？」

「也不會做得太明顯，」朱老先生說：「讓主辦單位找到證據，參賽資格會被取消的。不過，至少可以充分掌握自己選手的狀態，並運用假消息操作賭盤。」

好像不是什麼好事，但是自己又有什麼其他選擇？

「但是，他們也太不了解『較技比賽』了。」朱老先生說：「以為找到個天才就可以贏嗎？就算是天才，幾年內也爬不上初階。」

那自己的債務豈不是還不了了？鄧山有點失望地說：「眞的不行嗎？」

「你也不知道那是比什麼吧？」朱老先生瞪了鄧山一眼說：「簡單點說，就是比武，只不過藉著限制內氣量，以比較招式變化爲主，所以叫做較技。」

原來眞的是比武，難怪金大這麼喜歡。鄧山一面說：「內氣量可以限制？」

「大會發下的比賽用服會記錄你的全身輸出，任何一剎那瞬間輸出不能超過三千單位。」

朱老先生說：「當然，無招數可言的神使，在這種比賽內沒有表現的空間，所以都是擁有金靈並修練內氣的人參賽。」

「原來是這種比賽……」鄧山說：「所以，本身內氣不高也沒關係囉？」

「這就是外行人會說的話，」朱老先生搖頭說：「本身內氣要高，才能眞正體會和控制金靈到更深微的部分，才能發揮最大的威力，以你現在的狀況，怎麼和眞正的高手拚搏？」

「睿風企業那些人……都不知道這種事情？」鄧山訝然說。

「他們組織裡面，練內氣的畢竟是少數，也沒聽說有誰造詣比較高的……」朱老先生失笑說：「可能他們以爲你是天才，就什麼都會了，卻不知內氣不夠的人，根本沒法眞正了悟到金靈的所有能力，就算你是天才也不行。」

鄧山這才終於明白，看來自己可說是一點希望都沒有。

「我可以啊，」金大哇哇叫說：「別想逃！我要比賽！」

對了，還有金大，一時之間居然忘了，當初本來就計畫讓金大去比的，而且金大更沒有了悟不足的問題。鄧山稍稍鬆了一口氣，卻又不知怎麼和這位朱老先生解釋。

「更別提你連什麼招數都不會，去和人比什麼招數、技術？」朱老先生搖頭說：「這眞是笑話了。」

「呃……」鄧山尷尬地說：「也許他們會找人教我？」

「南谷那兒，十個人裡面九個半是神使，只知道玩弄一大團神能在外面甩來甩去，誰會什麼招數？」朱老先生說：「你還是想辦法離開他們吧。」

問題是自己跑也跑不掉吧，他們知道自己那世界的住所和親友，眞惹惱了他們，豈不是糟糕？鄧山嘆口氣，搖了搖頭說：「恐怕沒辦法……」

「看來我們各自都有自己的不便之處，」朱老先生也不再逼迫，沉吟說：「既然你非得去比試不可……除了金靈的相關知識之外，你欠缺的反而是一般武技。我離開朱世家時，曾發誓不洩露朱家武技，所以也不能傳你任何功夫……你操縱金靈的天分確實不錯，這樣被糟蹋掉也可惜了……唔……或者那個有點用，可是會不會太難了？」

什麼？這老先生在喃喃唸些什麼？好像想教自己功夫？鄧山正思索間，金大突然說：「能不能問問他叫什麼名字？爲什麼要離開朱世家？」

「我突然問他這個太奇怪了吧？」鄧山訝然說：「你又爲什麼想問這麼？」

「也是……」金大想了想又說：「算了，管他這麼多。」

此時朱老先生仰頭望天，喃喃說：「一百多年了……大哥應該不可能……反正再放下去也是這樣……」

鄧山看朱老先生自言自語個沒完沒了，終於忍不住說：「朱老師……您還好吧？」

朱老先生回過神來，點點頭說：「就這樣決定。」

決定怎樣？鄧山一愣，卻見朱老先生站起身，退到身後一扇櫃門前，背著自己不知道拿著什麼東西。

只聽叮叮咚咚的輕微響聲不斷，若不是不成曲調，簡直像是在演奏什麼樂器。過了好片刻，朱老先生才轉回頭，手中卻拿著一本比手掌略大的黑色薄夾。

武林秘笈嗎！鄧山吃了一驚，仔細一看卻又不大像。所謂的武林秘笈，至少也要感覺更破舊一點吧？這反而比較像是迷你超薄型掌上電腦……說不定眞的是喔，這兒這麼進步，該也有類似的東西。

朱老先生將那東西交給鄧山，一面說：「你會使用嗎？」

鄧山接過，發現挺輕的，還不如相同體積的書，如果眞是電腦之類的東西，那可眞是攜帶方便了。至於會不會使用……鄧山當然是毫不遲疑地搖頭說：「不會。」

「我先開啓你的使用權。」朱老先生使用自己的戒指，接觸到黑皮面封口處，啓動了感應，打開封皮，跟著拉過鄧山的左手，操作了幾下之後說：「現在你也可以使用這本書了。」

「這是書？」鄧山訝然問，打開來只看到兩片黑黑的板子，連張紙都沒有，這也算書？

朱老先生眉頭一皺說：「你到底是從多荒涼的地方來的？」

「呃……」鄧山只好說：「我們那兒是挺落後……」

朱老先生不耐地止住了鄧山的話，迅速地指示鄧山操作方式，一面要他使用。鄧山剛按下啓動，其中一塊黑色板子突然顯現出影像，只見一個中年人雙手持棍，斜立身前，擺出一個不知要往前還是往後的古怪姿勢。

「按這個，」朱老先生說：「對，這是一之一、一之二、一之三、一之四，一直下去。如果按這個的話，就是二，然後二之一……」他一面說一面慢慢地按，畫面上的人物跟著揮動著長棍，做出各種不同的動作。

「什麼一之一？」鄧山連忙問。

「第一招的第一變。」朱老先生說：「這個扭是控制放映速度，這個是角度，如果要立體放映，要按這個鈕……」朱老先生不知怎麼一按，那中年人突然浮出書面，活生生地動了起來。

鄧山看著那只有十來公分的小人，無論哪個角度都看得十分清楚，讚揚說：「好棒。」

「你也看得出這棍法的好處？」朱老先生有點訝異地說。

「呃……」鄧山呆了呆，剛剛讚美的其實是科技能力，自己可看不懂棍法……鄧山想到這兒，一怔說：「要讓我學這套棍法？」

「正是，」朱老先生說：「這棍法……無論是神國、王邦、南谷……應該沒有人會，甚至……恐怕也沒人看過……」說到這兒，朱老先生似乎有點感慨，又微微出神了。

「花靈棍法！花靈棍法！一定是花靈棍法！」金大突然嚷了起來：「這傢伙是大眼兒，哇哈哈，眞夠命長，一百多年了居然還活著。哎呀，難怪老成這樣，害我認不出來。」

「嚷什麼呀……」鄧山偷問了一句。

「你沒看他什麼都縮水了，就是眼睛還是這麼大一顆，不，這麼大兩顆。」金大說：「他小時候叫大眼兒呀！」

「你認識朱老先生？」鄧山訝然問。

「對呀……」金大說：「這書，是他大哥臨時有事，交給他保管的。」

此時朱老先生回過神來，撫摸著那「書」說：「如果我沒記錯，這套功夫該叫花靈棍法。」

「看吧！一定是大眼兒，」金大哈哈笑說：「我們幫他換過尿布咧。」

「你這老妖怪……」鄧山忍不住暗罵：「別這麼興奮，好吵。」

金大又嘿嘿笑了兩聲之後，倒眞的安靜下來。

「當年交給我的人說，這棍法雖然威力很大，卻未必比我朱家武技高妙；而且因招式太過博雜，有很多招式並不適用。」朱老先生說：「所以我也從未修習這套武功……但是對你來說，卻是恰好用得著。」

「喔？」鄧山望望書上不斷揮動棍棒的人形，還是看不出優劣。

「這套棍法……一共三百六十招，每招五到七變，合共兩千零四十八變……」朱老先生說：「論招式之繁複，天下無出其右，應該特別適合參加『較技比賽』。」

《異世遊 1》完

下集預告

異世遊 2

花靈棍法？

兩千零四十八種變化的繁複武招，怎麼可能輕易學會？

摸索練習武技之間，

鄧山越來越熟悉金靈與內氣的操控。

爲了金大心中的掛念，

鄧山進入異世的荒野中尋找，

得到了奇特的寶物，

原來，

金大的上一個共生者竟是身分不凡……

2008年8月底出版

國家圖書館出版品預行編目資料

異世遊／莫仁 著；——初版. ——台北市：
蓋亞文化，2008. 08-
冊；公分.

ISBN 986-986-6815-58-4（第1冊；平裝）

857.83 97010034

悅讀館 RE131

異世遊 1

作者／莫仁
封面設計／克里斯
企劃編輯／魔豆工作室
電子信箱◎thebeans@ms45.hinet.net
出版社／蓋亞文化有限公司
地址◎ 台北市103赤峰街41巷7號1樓
電話◎（02）2558-5438 傳眞◎（02）2558-5439
網址◎www.gaeabooks.com.tw
部落格◎ gaeabooks.pixnet.net/blog
電子信箱◎gaea@gaeabooks.com.tw
投稿信箱◎ editor@gaeabooks.com.tw
郵撥帳號◎19769541 戶名：蓋亞文化有限公司
總經銷／聯合發行股份有限公司
地址◎ 新北市新店區寶橋路235巷6弄6號2樓
電話◎（02）29178022 傳眞◎（02）29156275
港澳地區／一代匯集
地址◎ 九龍旺角塘尾道64號龍駒企業大廈10樓B&D室
電話◎（852）27838102 傳眞◎（852）23960050
初版二刷／2012年8月
定價／新台幣 240 元
Printed in Taiwan

ISBN／978-986-6815-58-4

異世遊 1

蓋亞文化 讀者迴響

感謝您在茫茫書海中選擇了蓋亞，您的支持是我們最大的動力。
不要缺席喔，讓我們一起乘著夢想的羽翼，穿越時空遨遊天地！

姓名： 性別：□男 □女 出生日期： 年 月 日
聯絡電話： 手機：
學歷：□小學 □國中 □高中 □大學 □研究所 職業：
E-mail： （請正確填寫）
通訊地址：□□□
本書購自： 縣市 書店
何處得知本書消息：□逛書店 □親友推薦 □DM廣告 □網路 □雜誌報導
是否購買過蓋亞其他書籍：□是，書名： □否，首次購買
購買本書的動機是：□封面很吸引人 □書名取的很讚 □喜歡作者 □價格便宜 □其他
是否參加過蓋亞所舉行的活動： □有，參加過 場 □無，因爲
喜歡出版社製作什麼樣的贈品： □書卡 □文具用品 □衣服 □作者簽名 □海報 □無所謂 □其他：
您對本書的意見： ◎內容／□滿意 □尚可 □待改進 ◎編輯／□滿意 □尚可 □待改進 ◎封面設計／□滿意 □尚可 □待改進 ◎定價／□滿意 □尚可 □待改進
推薦好友，讓他們一起分享出版訊息，享有購書優惠 1.姓名： E-Mail： 2.姓名： E-Mail：
其他建議：

廣告回信　郵資免付
台北郵局登記證
台北廣字第675號

蓋亞文化有限公司　收

103 台北市赤峰街41巷7號1樓

Gaea

GAEA